DÉDICACE

*À tous les ados qui m'ont inspiré ces trois romans d'une trilogie russe, ainsi qu'à leurs encadrants.
Ceux-ci sont les éclaireurs d'un nouveau monde.*

Noirceurs et lumière

roman

Nouvelle édition

Bruno ROBERT des DOUETS

TABLE DES MATIÈRES

AVERTISSEMENT

Ce roman est le premier d'une trilogie consacrée aux
adolescents qui ont traversé les bouleversements de
l'Histoire russe au cours des cent dernières années.
Ce premier volume permet de parcourir la fin de
l'empire Russe, la revolution de 1917 et la guerre
civile. Le second se déroule au cours de la grande
guerre patriotique et le troisième relate les soubresauts
consécutifs à l'écroulement de l'Union Soviétique.

"Noirceurs et lumière"
"Les survivants de Sébastopol"
"La Mer Noire était si bleue !"

CHAPITRE PREMIER
1918
En chemin vers la Sibérie

Un coup de sifflet lugubre hulula plusieurs fois dans l'obscurité. Le train s'ébranlait pour le plus grand soulagement des voyageurs et les wagons s'entrechoquèrent assez brutalement pendant quelques dizaines de secondes. Ensuite, il prit peu à peu de la vitesse et les occupants du wagon-dortoir allaient pouvoir, enfin, s'installer pour la nuit.

Pavel observait ses parents. Depuis le départ du convoi, leurs traits s'étaient en partie détendus. Lors de chaque arrêt, c'était la même chose ! Il s'en fallait à chaque fois de peu que leur destin bascule.

La famille Olougine était visiblement peu pressée de préparer les couchettes et restait silencieusement installée sur les banquettes. Pendant près de quatre heures, on avait attendu le départ alors que le train se trouvait bloqué pour des raisons mystérieuses en gare de Verechtchaguino. Durant tout ce temps, de nombreux voyageurs avaient craint l'arrivée de bandes armées. Celles-ci pouvaient interrompre à tout jamais leur expédition.

Toute espérance avait désormais fui les terres

éprouvées de la Sainte Russie. Pavel Ivanovitch Olougine imaginait maintenant que sa famille aurait la chance, un jour, de trouver des contrées plus accueillantes où s'établir avec un espoir de vie décente et paisible.

Pavel avait les yeux fixés bien au-delà de la vitre et, cependant, ne voyait que des ombres. Il apercevait aussi les occupants du wagon, par effet de miroir, à la lueur blafarde d'une ampoule électrique incertaine et tremblotante.

Les silhouettes de ses sœurs et de ses parents semblaient être ainsi des fantômes évoluant dans un univers parallèle. Elena, par exemple, avait cet aspect translucide évoquant celui d'un spectre. En raison de l'éclairage arrivant du plafond, cela lui dessinait des ombres accentuant exagérément ses traits. La jeune fille, à son tour, avait tourné son visage en direction de la fenêtre. Elle vit qu'il la regardait, le considéra pensivement quelques instants de l'autre côté de la vitre et lui fit un sourire triste. Tout ce qu'avait été leur vie jusqu'à ce jour avait disparu. Ce n'était désormais plus que souvenirs immatériels.

Pavel eut alors un sourire encourageant pour Elena. Quel allait être son avenir à présent ? pensa-t-il. Ses beaux yeux gris conserveraient-ils à jamais de tels accents de tristesse ? Ses longs cheveux blonds resteraient-ils aussi ternes ?

Il n'est pas facile, à 16 ans, de quitter son pays, d'abandonner tous ses amis sans aucun espoir de les revoir jamais. C'était le cas d'Elena. Pour leur sœur Evgenia, la petite rouquine au sourire mutin qui n'avait que 14 ans, ce serait peut-être un peu plus facile. Ses yeux pervenche, incroyablement rieurs, avaient gardé presque tout de leur vivacité.

À 19 ans, Pavel espérait, quant à lui, posséder suffisamment d'énergie pour assumer le soutien de ses sœurs et de ses parents dans ces moments difficiles. Son père, Ivan Olegovitch, aurait certainement du mal à trouver du travail à 55 ans dans un pays étranger. Il était fonctionnaire aux postes impériales, avec un grade assez important, mais n'avait malheureusement pas d'autre expérience. Quant à leur mère, Iekaterina Vassilievna, qui s'était toujours dévouée pour les élever le mieux possible, il ne parvenait pas à l'imaginer contrainte à faire des ménages afin de survivre. Leur milieu social était tout autre.

L'ampoule avait trembloté de nouveau. Elle s'éteignit tout à fait pendant quelques fractions de seconde et se ralluma. Pavel avait perdu le fil de ses idées. Il en reprit bientôt le cours en se disant qu'ils avaient tous, au moins, l'atout de bien parler le français. Cela faisait partie des traditions dans bien des familles à Petrograd et dans tous les environs. Cela pourrait leur servir un jour. Et s'ils se rendaient en France ! imagina-t-il. En tout état de cause, il y avait un problème. Ils partaient dans la direction diamétralement opposée.

— Cette fois, je tombe de sommeil, annonça Iekaterina Vassilievna. Si on dressait les couchettes ?

Les voisins des autres alcôves étaient déjà presque tous installés pour la nuit. Des rideaux avaient même été tendus pour assurer quelque intimité.

— Il est minuit passé, déclara son époux tout en replaçant la montre qu'il venait de consulter dans le gousset de son gilet. On ferait bien de se reposer. La journée de demain sera longue.

Jour après jour, avec une infinie monotonie, se poursuivait ce voyage interminable. À chaque arrêt, les Olougine observaient les alentours avec appréhension. Le plus souvent ne se pressaient sur les quais que des paysans venus proposer les produits de leur jardinet, des poissons pêchés dans un étang voisin, peut-être un morceau de fromage, et cela pour quelques kopecks.

À plusieurs reprises, ils avaient repéré par-delà les barrières en bois clôturant la gare où le train s'était arrêté, les pointes inquiétantes des *boudionovski* de cavaliers bolcheviques et puis le train s'était remis très vite en marche et tout le monde avait poussé des soupirs de soulagement.

Les plus terribles étaient probablement les agents de la *Tcheka*, mais il fallait tout autant se garder des brigands de grand chemin dont on disait qu'ils dépouillaient les exilés de tous les bijoux que ces derniers emportaient pour tout viatique avec eux, souvent cousus dans les doublures de leurs vêtements.

Iekaterina n'avait pas choisi de les cacher de cette façon. Pour sa part, elle avait confectionné des *pirojki* (petits pains fourrés au chou). Certains d'entre eux pouvaient contenir quelques pierres de valeur ou bien des roubles d'or ou d'argent. Pour la famille Olougine, il était aisé de les reconnaître. Au lieu de deux entailles en croix, ces derniers n'en portaient qu'une seule. L'inconvénient de telles cachettes était qu'elles ne pouvaient rester durables. De temps en temps, la confection d'autres *pirojki* devenait nécessaire. Au bout de trois jours, ils risquaient de se dessécher complètement, ce qui rendait urgent de les consommer. Dans ce cas, la vigilance était requise. Il eut été bien trop idiot d'avaler une améthyste ou bien un rubis. Il fallait ainsi les dissimuler discrètement dans quelque poche en attendant le moment de confectionner d'autres petits pains.

Le convoi comportait plusieurs *teplouchki*, des wagons couverts aménagés pour le transport de passagers disposant d'aménagements, notamment d'un fourneau. Cela permettait d'y faire la cuisine et madame Olougine, aidée d'Elena, pouvait y cuire au four une autre provision de ces précieux *pirochki* quand le train stationnait suffisamment longtemps pour cela. Parfois, l'on montait dans la *teplouchka* pour y faire sa cuisine entre deux gares et les femmes en profitaient pour y préparer leurs petits pains. C'était alors dans la plus grande discrétion qu'il fallait glisser les joyaux dans la pâte.

Sofrino, Khotkovo, Strounino, Rostov, Iaroslav, Danilov,... De gare en gare, égrenant ainsi les verstes, à présent par centaines, on progressait patiemment vers les larges vallées de l'Oural. Il y avait près de dix jours que l'on avait quitté Petrograd et c'était les yeux remplis de larmes que la famille

Olougine avait quitté là-bas *Nicolaïevski Voksal* (gare de Nicolas, à Saint-Pétersbourg, à présent dénommée Gare de Moscou).

Ivan Olegovitch avait l'intention de se rendre à Omsk, en Sibérie. Le bruit courait alors que des forces fidèles au Tsar étaient en train de s'y regrouper tandis qu'un gouvernement provisoire aurait été sur le point de s'y former. Ivan formulait secrètement le projet de se faire engager pour aider, dans la mesure de ses compétences, à l'établissement d'un îlot de stabilité quelque part au fin fond de la Russie. Cela pourrait peut-être un jour offrir une base de départ à la reconquête. Ainsi pourrait-on chasser les bolcheviques.

Il avait fallu rallier Moscou tout d'abord. En chemin, le train s'était arrêté plusieurs fois, particulièrement dans les gares de Novgorod et de Tver où tout le monde était visiblement nerveux. Pour le voyage, Ivan Olegovitch avait choisi de porter des vêtements pouvant le faire passer pour un petit négociant de province. Ainsi pensait-il échapper aux regards inquisiteurs des différents partisans révolutionnaires. Hélas, il n'était pas le seul à fuir. Avoir un maigre bagage était insuffisant pour éloigner les soupçons. La famille était cependant arrivée sans encombre à Moscou, mais y avait erré deux jours en attendant le départ d'un train pour l'Oural.

Pavel était quant à lui vêtu comme un étudiant. Sa sœur aînée pouvait passer pour une couturière et la petite avait l'air d'une apprentie.

Maïski, Perm, Koungam et c'est à cet endroit que l'on quitta l'Europe. Oust-Kichert. On était dès lors en Asie.

Un jeune homme était monté lors de l'arrêt de Perm. Il s'était installé dans l'alcôve voisine et semblait bien disert. Il n'hésita pas à se déplacer dans tout le wagon pour engager la conversation ça et là. Tandis que la *provodnïsta* (responsable du wagon) proposait du thé, le nouveau venu s'était installé sans façon près de Pavel, avait sorti de sa poche une flasque de vodka de même que des petits verres et proposa de trinquer.

Ivan s'était laissé tenter. Le jeune homme installé dans leur alcôve avait une trentaine d'années. Il portait des cheveux coupés très courts, avait des yeux très pâles, une joue balafrée dans un visage émacié que ne parvenait pas à éclairer son sourire en partie marqué par des plis d'amertume. Vêtu comme un ouvrier, celui-ci semblait cependant assez cultivé. Il s'était présenté sous le nom de Boris Ivanovitch Ogarev. L'alcool aidant, les questions fusaient, de plus en plus nombreuses et précises : Et d'où venez vous ? Quel est votre négoce ? Cela surprit Pavel. En outre, Ogarev avait l'air de s'intéresser sérieusement à Elena. Bien qu'elle ne se soit plus depuis longtemps souciée de toilette, elle restait assez attirante. Il ne ménageait pas les compliments à son égard et s'inquiéta de son entourage ainsi que des activités de ses parents.

— Camarade Ogarev ! le coupa Pavel un peu brutalement. Il me semble que nos histoires de famille ont assez peu d'intérêt dans les circonstances où nous sommes. Nous pourrions plus utilement parler du nouveau gouvernement qui s'est installé l'an passé à Petrograd. N'est-il pas salutaire d'avoir abattu l'autocratie ? Je serais très heureux d'avoir des nouvelles plus récentes, si tu en avais ! On dit que le tyran vit plutôt bien dans un palais de Tobolsk.

Le regard d'Ivan Olegovitch avait fixé son fils avec un accent d'incrédulité totale. Autour d'eux, ses filles et son épouse attendaient la suite avec intérêt.

Ogarev avait marqué quelques instants d'arrêt. Visiblement, il ne savait plus trop s'il avait affaire à des exilés comme il y en avait tant dans les trains depuis des semaines, ou bien s'il était face à d'enthousiastes sympathisants de la révolution.

— Aux dernières nouvelles, on vient de transférer l'ancien Tsar et sa famille à Iekaterinenbourg, avait-il concédé. À Tobolsk, ils n'étaient pas en sécurité. Ces contrées de l'Oural étaient trop peu sures. Il sera plus facile à surveiller tout près de la Sibérie.

Pavel avait des doutes. Il se méfiait d'Ogarev et trouvait son regard faux. Pour tout dire, il craignait que celui-ci ne les dénonçât si la moindre ambiguïté dans le comportement des Olougine apparaissait. C'est donc à contrecœur qu'il lui répondit pour exprimer de la satisfaction, puis formula le souhait que les Romanov aient dans l'avenir un traitement comparable à celui des gens du peuple. Ogarev acquiesça mollement, récupéra ses petits verres et salua la compagnie, puis quitta l'alcôve afin de se trouver d'autres interlocuteurs. Pavel eut un soupir de soulagement. Il en avait froid dans le dos. Cet Ogarev avait bien un profil de partisan des bolcheviks et probablement celui d'un agent de la *Tcheka*. Cela l'apaisa d'en avoir acquis la conviction. Tranquillisé, le garçon se renfonça sur la banquette, auprès de la fenêtre et contempla distraitement la steppe en train de fuir, à perte de vue. Son esprit se mit alors à vagabonder. Des souvenirs agréables étaient en train de remonter. Un léger sourire alors apparut sur son visage à l'évocation des moments heureux qui défilaient dans ses pensées. Pavel y retrouvait ses amis : Tatiana, Nicolaï, Oleg Ivanovitch, Sophia Andreïevna, Grigori, Vladimir et tous les autres. Avec eux s'étaient déroulées tant d'aventures. Les reverrait-il un jour ? Cette idée lui provoqua soudainement la sensation d'un pincement de cœur. Elle fut aussitôt balayée par le somptueux spectacle offert par le parc de Pavlovsk où tout avait commencé, les bords de la Slavianka près desquels était apparue quatre ans plus tard une inoubliable cavalière et les canaux de Saint-Pétersbourg où l'on aimait tant flâner durant les beaux jours, au moment des nuits blanches.

Plus de trois heures après avoir franchi la porte de l'Asie, le train qui jusque-là marchait régulièrement se mit à ralentir. Elena se tourna vers Pavel avec des yeux soudainement angoissés. Chaque arrêt devenait pour elle une vraie torture.

Les freins crissèrent et certains des passagers qui se trouvaient debout s'accrochèrent aux montants des fenêtres afin de garder l'équilibre. À l'intérieur de l'abri de la locomotive, le mécanicien relâcha les freins quelque temps, laissant le convoi poursuivre en roue libre et puis les freins ouignèrent à nouveau tandis que les wagons se mettaient quasiment au pas le long d'un quai de bois. Le dernier coup de frein, dans une sorte de sifflement, finit par immobiliser l'ensemble auprès d'un bâtiment de gare en bois gris dont les fenêtres étaient ornées d'encadrements joliment sculptés. Sur le fronton, la pancarte annonçait qu'on venait d'arriver dans la gare de Vassilievsko Chaïtanski. Le ciel était bas. Le ciel était gris. La steppe, au-delà des barrières à claire voie, s'étendait à perte de vue. De l'autre côté se pelotonnaient les maisons de bois d'un gros bourg aux jardinets proprets que longeaient des rues bourbeuses. Pavel était mélancolique. Quelques personnes allaient et venaient sur le quai ; principalement des *moujiks* et des portefaix qui déchargeaient puis rechargeaient des caisses et des malles dans les différents fourgons à bagages. Incidemment, Pavel eut l'attention retenue par un visage en particulier. C'était celui d'Ogarev. Il venait de quitter leur wagon sur les talons d'un couple de bourgeois chargés de valises. À l'entrée de la gare, ils furent encadrés par des soldats rouges en armes.

Elena qui les suivait du regard avait, dans un geste horrifié, mis la main devant sa bouche. Ivan Olegovitch hocha la tête avec une expression d'impuissance et Pavel essayait d'imaginer le sort qui leur serait réservé.

Un coup de sifflet strident signifia que le train repartait. Dans le wagon, les langues alors se délièrent et, d'alcôve en alcôve, on commenta nerveusement ce qui s'était passé. Une femme émotionnée se mit à plaindre, en se signant, les partants. Pavel effaré se dit que d'autres Ogarev étaient peut-être encore au milieu des voyageurs. Il en fit part à son père. En tout état de cause, ils ne devaient absolument pas relâcher leur vigilance et le dit à mi-voix, tant à ses parents qu'à ses sœurs, d'autant qu'il n'avait pas vu si ledit Ogarev était resté dans la gare ou bien était remonté dans le train.

Chacun reprit dès lors ses occupations coutumières ou bien cette oisiveté forcée qui pesait tant dans le voyage. Elena s'était plongée dans un livre entamé pour la troisième fois. Evguenia s'essayait à des travaux de couture alors que leur père était en train de refaire des comptes dans un petit calepin. Pendant ce temps, leur mère, pensive, apparaissait totalement hypnotisée par la steppe. Alors, bercé par le staccato lancinant des bogies du wagon sur les rails et l'esprit libéré de la moindre sollicitation, Pavel avait déjà plongé dans un état de somnolence où pouvaient se retrouver les amis désormais séparés.

C'est ainsi qu'il se prit à évoquer les conversations passionnées qu'il avait avec Tatiana jusqu'à l'année passée, parfois tous les deux assis sur la mousse, à l'abri des sous-bois de Pavlovsk. Il se demandait ce qu'elle devenait à présent. Les dernières nouvelles obtenues n'étaient pas très bonnes. En ce qui concernait Nicolaï, le meilleur ami qu'il ait jamais eu, son second quand il était à la tête des *Castors*, il ne savait plus rien de lui, sinon qu'il avait envisagé de se rendre en Crimée. Lorsque était venu le moment de se séparer, les deux amis s'étaient faits le serment de se retrouver, quoiqu'il advienne. Ce serait au pire à Nice, en France, à la cathédrale Saint-Nicolas.

CHAPITRE 2
1909
Le jour où le grain fut semé

On entendait des éclats de rires et cela résonnait dans le parc. Au-delà de quelques érables et de bouleaux clairsemés, dressés sur un tapis de feuilles mortes, apparaissait une sorte de clairière. Elle était tout illuminée par un franc soleil. En cet endroit, de nombreux enfants profitaient du beau temps printanier pour emplir, à larges goulées d'air pur et vivifiant, leurs poumons peut-être anémiés par un confinement trop systématique au cours de l'hiver.

Les rayons lumineux taquinaient les ramures où des pousses au vert tendre apparaissaient déjà dans le creux des bourgeons. Dans le sous-bois subsistaient par endroits quelques amoncellements de neige. L'ombre de buissons ou de troncs abattus garantissait pour un temps leur survie, mais déjà pointaient des perce-neiges en leur milieu. L'hiver, en quelques jours à peine, aurait certainement perdu la partie. Le joli mois de mai tout proche aurait enfin raison des derniers frimas.

Une grille embrassait cet espace animé de cris joyeux. Les deux battants de son portail étaient grand ouverts et quelques personnes y pénétraient : là c'était une nurse, poussant un landau, qui surveillait du coin de l'œil une adorable petite fille aux cheveux bouclés courrant à ses côtés ; plus loin des grands-parents qui avaient peine à rattraper leurs garnements de petits-enfants fuyant à perdre haleine, en direction de compagnons de jeu ; puis c'étaient quelques militaires en permission que le hasard avait menés jusque-là.

Située de l'autre côté d'un beau kiosque à musique, à l'ombre de grands sapins très majestueux, la clairière était en vérité le rendez-vous favori des enfants du voisinage. Il y avait là des installations de jeu qui leur étaient destinées, particulièrement de jolies balançoires aux montants de bois ciselé dont les motifs à facettes et les torsades avaient en outre été peints de couleurs vives. Un peu plus loin se trouvaient un tourniquet, lui aussi multicolore et tout autant décoré de motifs excavés, de même que des balancelles, une bascule et même un imposant toboggan, véritable montagne de rondins sur laquelle on pouvait dévaler dans de petits traîneaux. Ça-et-là, disséminés de même que des champignons, des cabanes avec un petit air d'*isba* de contes de fée faisaient le bonheur des petites filles. Celles-ci raffolaient de tenir salon dans ces réductions de maisons de paysans, tout autant que d'y faire la dînette avec des ingrédients improbables ou bien d'y jouer à la marchande en négociant quelques pommes de pin.

Il y avait aussi différents agrès pour les aînés dans ce parc : des espaliers, des anneaux, des barres parallèles, une barre fixe. Les soldats désoeuvrés s'y essayaient.

Un nouveau couple arrivait, précédé de sa progéniture impatiente.

— Nicolaï ! Nicolaï ! appela de loin l'un des garçons qui semblait le meneur de sa bande. Viens vite ! On va commencer la partie de *Svetchka* (jeu de la bougie).

Celui qui venait d'être interpelé fit signe à ses parents qu'il allait retrouver le groupe et, sur un signe d'assentiment de son père, il prit les jambes à son cou pour aller le rejoindre.

— À quoi jouerons-nous, Pavel ? demanda-t-il, à peine essoufflé.

— Je te l'ai dit, lui répondit ce dernier. Nous jouons à la *Svetchka*.

Pavel avait un peu plus de dix ans. Ç'était un garçon bien bâti pour son âge, avec un regard extrèmement volontaire. On mesurait aisément l'ascendent qu'il pouvait excercer sur les autres. Jamais à court d'idées, bourré d'énergie, c'était un compagnon recherché par tout ceux qui aimaient se dépenser. On le reconnaissait de loin grâce à ses cheveux couleur de paille. Ils étaient coupés court et semblaient former, du fait de leur propention à se dresser en épis, ce qui pouvait ressembler de manière approximative à une brosse. Enfin, quand on se retrouvait face à lui, son regard aux yeux gris rappelait de loin celui des loups.

Nicolaï était plus jeune et cela se voyait instantanément car il était assez gracile. Il adorait visiblement Pavel et l'aurait suivi jusqu'au bout du monde. On pouvait imaginer que la générosité d'esprit de ce dernier le justifie largement. Ses cheveux en broussaille étaient mi-longs, légèrement ondulés. Cela le parrait d'une sorte de toison chatain clair assez étonnante et suggérant qu'il arrivait tout droit de la taïga. Il avait, quant à lui, neuf ans. C'était le fils du colonel Oushakov, alors commandant un régiment de hussards, et d'Irina Sergeïevna Oushakova. La jeune femme avait connu quelques moments de gloire au sein des ballets du Théâtre Marinskii, à Saint-Pétersbourg, dont elle avait été quelque temps la danseuse étoile. Celle-ci qui surveillait de loin son fils en se promenant tranquillement au bras de son époux, gardait ce port infiniment gracieux reçu de ses années de danse et cela malgré ses 35 ans. Nicolaï, évidemment, lui ressemblait. Cela n'empêchait en rien ses goûts bien masculins pour l'action.

Le jeu battait son plein. Les participants se plaçaient, l'un après l'autre, au centre d'un cercle formé par eux tous. Ils étaient munis d'une balle assez grosse et devaient l'envoyer en chandelle au dessus de leur tête. Alors, les autres joueurs essayaient de s'échapper le plus loin possible. Au cri de «stop», le pivot signifiait que la balle avait touché terre. À cet instant, les fuyards étaient obligés de s'immobiliser. Le pivot pouvait alors essayer de les toucher avec sa balle.

*

En ce trente avril ensoleillé, c'était jour de fête à Tsarskoe-Selo pour l'un des bataillons du 1er régiment d'infanterie de la garde impériale et les militaires, à l'issue de la revue, bénéficiaient d'un quartier libre. Un groupe avait décidé d'en profiter pour aller marcher tout le cours de l'après-midi. Finalement, ce fut vers Pavlovsk, à deux ou trois verstes de là, que les compagnons décidèrent de tourner leurs pas car ils avaient dans l'idée d'en visiter le parc. Il s'y produisait souvent, non loin de la Slavianka, de bons orchestres au kiosque à musique et c'était un divertissement généralement très apprécié. La route y conduisant n'était pas encore trop poussièreuse et cela faisait une promenade agréable.

Oleg Ivanovitch et ses amis marchaient d'un bon pas tout en chantant des airs entraînants. Tout comme les autres, il appartenait à ce bataillon dans lequel, à 27 ans, il avait le grade de capitaine.

— Cette ballade inusitée me rappelle une époque où je faisait partie du corps des cadets de Tiflis (aujourd'hui Tbilissi), en Georgie, déclara le jeune homme. À cette époque, on aimait vraiment beaucoup partir en randonnée dans la montagne.

Un *podporoutchik* (second lieutenant) alors demanda si c'étaient les professeurs qui organisaient de semblables équipées. Lui-même affirma qu'il n'avait jamais rien connu de tel au corps des cadets de Saint-Pétersbourg.

— À la vérité, lui avait répondu l'officier, nous étions toute une bande et nous avons un jour décidé de monter de telles expéditions. La montagne était pour nous le moyen de quitter la ville et de s'y retrouver totalement libres.

L'été, racontait Oleg à ses camarades, leur groupe de cadets partait ainsi tous les samedis et dimanches. Ils avaient trouvé de cette manière un moyen de s'évader du quotidien.

— Et vous y faisiez quoi ? demanda l'autre second lieutenant qui n'avait pas vingt ans.

Sanglé dans sa vareuse beige, ornée sur les poignets de broderies propres à la garde, Oleg Ivanovitch Pantukhov avait une physionomie bizarement énergique autant qu'affable. Rasé de près, la moustache relevée, le regard bleu très pâle à demi protégé par la courte visière de sa casquette verte à bordure bleue, il avait des traits doux mais ceux-ci révélaient toutefois de manière incontestable une volonté sans faille.

— Nous imaginions sans doute un monde à nous, répondit-il, sans adultes. Le soir, on chantait tous autour d'un feu de camp. Puis nous nous étions fixés de grands objectifs. En 1899, c'était le 100ème aniversaire de la mort de Pouchkine et nous aimions beaucoup notre grand poëte national. Alors, nous avions décidé de baptiser notre groupe *Club de Pouchkine*.

Le capitaine Pantukhov était emporté par le récit de ses aventures. Il raconta qu'ils avaient pris pour habitude à cette époque de se donner des sobriquets, qu'ils s'étaient même inventés tout un langage secret, puis qu'ils avaient fini par se doter d'une loi :

- Toujours aider les camarades ;

- Toujours dire la vérité ;
- Toujours progresser vers la perfection.

Le Club de Pouchkine avait en outre adopté sa devise qui était : *Monter toujours plus haut.*

— Il faut que je vous raconte autre chose à ce propos, continua le capitaine. Je viens de lire un ouvrage étonnant qui fut publié l'an passé par un général anglais. Ses idées sont bizarrement semblables à ce que pratiquait notre club à Tiflis. Il a finalement mis ses idées en pratique, il y a deux ans, sur une île, avec une vingtaine de garçons. Ne croyez-vous pas qu'il serait intéressant d'en faire autant ?

Ses compagons de promenade acquiécèrent immédiatement. Restait à trouver des volontaires.

— Il suffirait de s'adresser au corps des cadets, suggéra l'un des *poroutchiki* (lieutenant).

— Mais, objecta son voisin, cela ne permettrait pas de recruter des enfants de différentes classes sociales.

Oleg Ivanovitch opina du chef. C'était précisément l'idée du général anglais de rassembler des enfants venant de milieux très différents.

Tandis qu'ils discutaient ainsi, les cinq amis n'avaient pas vu passer le temps, pas plus que les deux verstes parcourues. La gare de Pavlovsk était en vue. Restait à franchir la voie de chemin de fer au-delà de laquelle on apercevait déjà la lisière encore clairsemée du parc. En poussant un peu, le fort beau palais que la Tsarine Catherine II avait fait bâtir à l'intention de son fils Paul apparaîtrait.

*

Pavel envoya la balle et manqua le jeune Anton à son grand désappointement. Ce garçon se trouvait pourtant à portée de tir. Alors, de rebond en rebond, la balle un temps roula jusqu'au milieu d'une allée jusqu'à s'immobiliser précisément devant des bottes au dessus desquelles, en levant le regard, il découvrit une culotte bleue surmontée d'une vareuse beige et tout cela composait l'uniforme d'un officier du 1er régiment d'infanterie de la Garde Impériale. Celui-ci le considérait d'un regard apparemment sévère et, cependant, son regard étonnamment pétillant contredisait cette expression. L'air penaud, le jeune Olougine avait courru jusqu'à ce dernier dans l'intention de récupérer la balle. Il était à présent tout intimidé.

— Excusez-moi, votre noblesse, avait-il commencé…

— Ne t'inquiète pas, mon garçon, l'avait coupé le capitaine Pantukhov. À ton âge, on se dépensait tout aussi franchement, moi et mes amis.

D'autres enfants s'étaient approchés tout autour de l'officier dont les amis se trouvaient légèrement en retrait. Des grands, probablement des élèves du gymnasium ou du lycée qui semblaient désoeuvrés car il n'y avait pas d'attractions pour eux les rejoignirent aussi. Ces officiers de la garde impériale avaient un certain prestige aux yeux de la jeunesse et l'occasion se trouvait trop belle à ce moment-là d'engager la conversation. L'un d'entre-eux lui avait alors demandé quelles sortes de jeux pouvaient avoir été les siens.

— Certainement les mêmes, avait-il répondu dans un grand éclat de rire. Ensuite, avec mes camarades, on avait peu à peu formé toute une bande et nous allions fabriquer dans la forêt des cabanes ou des fortins pour y jouer.

D'autres questions fusèrent aussitôt. Le capitaine évoqua le club de Pouchkine et les randonnées dans le Caucase, au long des sentiers de montagne, ainsi que les chansons près du feu de camp, sans oublier les nuits passées à la belle étoile.

Autour d'eux, d'autres enfants s'agglutinaient. Les plus grands surtout se rapprochaient pour écouter le récit des aventures entreprises par leurs aînés. Oleg Ivanovitch y avait ajouté de nombreuses idées proposées par cet étonnant Robert Baden-Powell, l'auteur du livre qu'il avait lu récemment (Scouting for boys).

Profitant que le feu roulant des questions et des réponses avait un peu perdu de son intensité, l'un des *poroutchiki* s'approcha pour lui suggérer quelque chose en apparté.

— Oleg, il me parait que la Providence est en train de nous offrir une occasion. Ne devrions-nous pas en profiter pour tenter quelque projet ?

— J'y songeais, lui répondit le capitaine.

Alors, il se tourna vers son jeune auditoire et lui proposa de se lancer dans de semblables aventures. Il demanda s'il y aurait pour cela des volontaires.

— Moi ! Moi, votre noblesse ! Moi ! Moi ! Moi !

Les doigts se levaient de toutes parts et, surpris, l'officier nota qu'il y avait aussi des filles. Alors, que faire ? pensa-t-il. Ils sont plus d'une vingtaine. C'est alors que lui revint à l'esprit l'un des paragraphes écrits par le général anglais. Pour commencer, mieux valait constituer tout simplement un petit groupe, ce que ce général avait dénommé *a patrol*. Selon lui, c'était le cadre idéal où chaque enfant pourait s'investir au moyen d'une responsabilité qui lui serait propre. Ainsi commença-t-il à sélectionner mentalement différents garçons de sorte qu'ils aient des âges différents mais aussi qu'ils soient issus d'origines aussi variées que possible.

Le plus âgé pouvait approcher les 15 ans. Le plus jeune était Nicolaï. Entre les deux se trouvaient d'autres enfants parmi lesquels était Pavel.

— Il faudra que vous demandiez à vos parents s'il sont d'accords, lança le capitaine au milieu de la cacophonie générale. Ensuite, nous pourrions nous retrouver samedi prochain sans faute, ici même. Je vais devoir en choisir quelques-uns parmi vous pour commencer. Quant aux autres, on verra plus tard. Si tout va bien, nous pourrions envisager la création de trois ou quatre équipes.

Le colonel Oushakov et son épouse, intrigués par un tel remue ménage avaient décidé de se rapprocher. D'autres parents ou grands-parents s'étaient regroupés de même. Oleg Ivanovitch expliqua succintement son projet. Le colonel aussitôt lui fit part de son assentiment.

Oleg Ivanovitch alors récapitula les noms de ceux qui pouraient constituer le premier groupe. Il fit l'appel et les garçons répondaient *da* lorsque le capitaine annonçait leur nom.

— Persianov, Ivanov, les frères Tatarinov, Malafiev, Borokov, Belonine…

La liste s'allongeait. Avec Andreï Iline et Vladimir Kirilline pour l'encadrement, cela risquait de faire beaucoup de monde. Il en choisit seulement sept. Cela lui semblait plus raisonable afin de commencer dans de bonnes conditions.

Quelques signes de désapointement s'étaient manifestés quand ils avaient su quels étaient les heureux élus. Cependant, tout fut très vite oublié. Les enfants s'étaient égayés tout aussitôt, comme une envolée de moineaux. Très vite, ils avaient repris leurs occupations coutumières. Un groupe était retourné vers ses quilles abandonnées, l'autre à sa partie de palets. Des filles avaient déjà recommencé la rotation de leur corde à sauter, d'autres faisaient rouler leur cerceau. Certains se pressaient tout autour d'un marchand de sucres d'orge.

Près de l'une des réductions d'*isbas*, deux fillettes étaient très occupées : Elena Olougine et sa soeur Evgenia, 7 et 5 ans, faisaient des pâtés dans un carré de sable en compagnie de jumeaux de 6 ans. Une grande de 11 ans leur montrait, grâce à leurs seaux de fer blanc décoré qui lui servaient de moules, une façon de bâtir un *kremlin* décoré de petits graviers. Il s'agissait de Sophia, la fille aînée du colonel Oushakov, accompagnant ses deux petits frères ; Alexandre et Sergeï.

Un peu plus loin, le capitaine et ses amis s'étaient assis sur un banc. Celui-ci venait de sortir un calepin de l'une des poches de sa vareuse, ainsi qu'un crayon qu'il portait toujours sur lui. Les garçons qu'il avait sélectionnés se pressaient tout autour et l'officier leur posait des questions sur eux-mêmes : leurs goûts, leurs envies, mais aussi sur leurs études et leur situation pour en dresser la liste dans son carnet.

Le plus âgé s'appelait Igor. Il avait 14 ans. C'était le fils d'un tailleur et semblait assez débrouillé. Il était peut-être un peu rondouillard et pourtant, cela ne semblait pas le gêner dans l'expression de ses excès d'énergie.

Derrière lui se trouvait le dénommé Iouri, 13 ans, fils d'un capitaine de la marine impériale. Celui-ci vivait seul avec sa mère à Pavlovsk et cela se produisait ainsi chaque fois que son père était en mer. Son ami Andreï était quant à lui le fils d'un négociant qui commerçait volontiers avec des comptoirs de Sibérie. Il avait quasiment le même âge que Iouri.

Ensuite, il y eut Grigori Bolkonsky, le fils d'un

comte. Il avait 12 ans, puis Dimitri, 11 ans, dont le père était jardinier chez celui du précédent.

Enfin, les deux amis, Pavel et Nicolaï, étaient les petits de l'équipe.

Juste avant de se séparer, Oleg avait rappelé qu'il était convenu de se retrouver la semaine suivante au même endroit. C'est alors que Vladimir, l'un des *poroutchiki*, offrit de venir aider le capitaine et l'assura qu'il serait au rendez-vous, lui aussi.

CHAPITRE 3
Oleg et les Castors

Pavel et Nicolaï, en aucun cas, n'auraient raté le rendez-vous. C'est ainsi qu'ils se retrouvèrent, en avance, à l'entrée de l'espace de jeux du parc de Pavlovsk. À cet endroit se trouvait déjà le fils du comte Bolkonsky.

Le temps semblait incertain. De gros nuages noirs et menaçants s'étendaient par-dessus les grands sapins sombres et les bouleaux décharnés. Les trois garçons décidèrent alors de se mettre à l'abri dans l'une des petites isbas. Serrés les uns contre les autres à l'intérieur, ils essayèrent d'imaginer ce que le capitaine de la garde avait projeté de leur faire faire.

— Il a parlé, samedi dernier, de nous apprendre à allumer le feu, rappela Grigori.

— Mais je sais très bien faire ça ! rétorqua Pavel. Avec du papier et des allumettes, on peut allumer n'importe quel foyer. Ça m'est arrivé de le faire à la maison.

— Peut-être veut-il nous montrer comment procéder quand on est perdu tout au fond de la taïga, suggéra Nicolaï. J'ai lu des brochures où l'on expliquait comment s'y prenaient les moujiks en

Sibérie.

Au bout d'un moment, quelques exclamations les rappelèrent aux réalités. Ils sortirent aussitôt de leur isba, mais ce fut pour tomber nez à nez avec Oleg et Vladimir. Ces derniers venaient précisément d'arriver. Les deux hommes éclatèrent de rire.

— Auriez-vous déjà trouvé notre lieu de réunion, jeunes gens ? demanda le capitaine, un peu moqueur.

Grigori qui avait le sens de la répartie ne s'était pas laissé démonter.

— Il faudrait prévoir des agrandissements, fit-il remarquer le plus sérieusement du monde. En attendant, le palais de Pavlovsk est certainement plus confortable.

Après un sourire, Oleg ayant vérifié que tout son monde était là donna le signal du départ. Le petit groupe était alors entré dans le sous-bois, marchant en file indienne en suivant son guide. À l'arrière, il y avait Vladimir et ce dernier fermait la marche.

Ils progressèrent ainsi pendant près de vingt minutes. Un instant, Pavel imagina qu'ils étaient perdus. Les arbres étaient de plus en plus serrés. On ne voyait plus la moindre trace de sentier et, de tous côtés, ce n'étaient que fourrés, taillis, fondrières ou sapinières. Il observa qu'Oleg utilisait un petit objet métallique afin de se repérer. C'était une boussole. Un peu plus tard, celui-ci leur indiqua qu'on pouvait s'arrêter. Lui-même avait déposé son havresac. Il ne portait pas sa tenue militaire. Au contraire, il s'était équipé cette fois de vêtements suggérant plutôt les coureurs des bois décrits parfois dans les gazettes. Sur sa tête, Oleg était coiffé d'un large chapeau de feutre.

En quelques mots et gestes, Oleg Ivanovitch expliqua qu'il fallait bâtir une hutte. Avec des branches arrachées par le vent, des rameaux jonchant le sol et des morceaux d'écorce, une cabane assez vaste pour les protéger fut assez rapidement réalisée.

Tout émoustillés, les garçons se regroupèrent au-dessous du toit qu'ils avaient construit. Tous avaient le sourire. Ils exprimaient sans doute ainsi le contentement d'avoir effectué par eux-mêmes une tâche extraordinaire. Elle l'était, de toute évidence, à leurs yeux.

Oleg ayant récupéré son havresac en sortit quelques pirojki pour un casse-croûte arrosé de *kvas* (boisson populaire) et complété de morceaux de viande séchée. Pour les garçons, ce fut vraiment le plus fabuleux des festins.

— À présent, je vous invite à tenir conseil, annonça leur mentor. Il vous faut prendre ici quelques décisions.

Le silence aussitôt se fit. Tous les regards avaient convergé d'un seul coup vers Oleg.

— Votre petit groupe, expliquait-il, est en quelque sorte un élément vivant. Cela pourrait se comparer à une famille. Il en existe de tels en Angleterre et ceux-ci poussent un peu, depuis deux ans, comme en forêt les champignons. Ils sont d'ailleurs, à travers ce pays, déjà des milliers.

— Nous pourrions l'appeler *Club de Pouchkine*, à la manière du votre, imagina Iouri tout haut.

— Chez les scouts anglais, la coutume est plutôt de choisir un nom d'animal, en fonction de la personnalité qu'on voudrait développer. Cela permet d'identifier la patrouille et de lui fournir une symbolique.

Oleg expliquait de cette façon qu'en fonction de leur choix, les garçons se doteraient d'un animal totem en guise d'emblème et pourraient le dessiner sur un fanion. Il ajouta qu'il pourrait être intéressant de se choisir en plus une devise. Les garçons décidèrent enfin de porter un foulard autour du cou. Cela serait leur signe de reconnaissance. On en choisit la couleur et ce serait le bleu.

Après un long débat peuplé d'une faune exotique et de ménageries sauvages issues de la savane ou de la taïga, les garçons décidèrent à l'unanimité le nom de leur patrouille. Ils s'appelleraient désormais *les Castors*. Tout le monde aimait le comportement bâtisseur de cet animal. On fêta l'événement d'une gorgée de *kvas* avalée directement au goulot d'une bouteille usuellement ventrue. Grigori trouvait cela fantastique. Il n'avait jamais eu l'occasion de boire ainsi. Pour lui, c'était un acte de liberté tout à fait incroyable.

Hélas, on n'avait pas vu le temps passer. Le jour était en train de baisser légèrement. Les garçons se remirent en chemin, profitant de la boussole utilisée par Oleg, et retrouvèrent ainsi leur point de départ. À proximité de la grille, attendaient déjà plusieurs parents que leurs enfants submergèrent de récits enthousiastes et peut-être enjolivés.

Au cours du mois qui suivit, *les Castors* entraînés par Oleg et Vladimir attendaient le prochain samedi de sortie dans un état de fébrilité croissante. En même temps, les garçons s'équipaient. Ils s'étaient confectionné leur bâton de marche et disposaient désormais d'une musette en toile où l'on pourrait placer des *pirojki*, du saucisson de cheval ou des sprats en prévision d'un casse-croûte au milieu des bois.

Le jour venu, la patrouille impatiente alla gaiement se mettre en chemin vers la forêt qui se parait peu à peu de vert tendre. Aidés de la boussole, les tout nouveaux scouts avaient retrouvé la hutte et la perfectionnèrent. Avec des hachettes, ils avaient coupé des perches de bouleau pour en faire une vraie charpente.

En même temps que ces travaux de construction, le feu fut allumé grâce au dispositif ingénieux suivant : une sorte d'arc imprimait un mouvement de rotation à un pivot de bois dur épointé. Celui-ci, maintenu par le haut grâce à une paumelle, tournait vivement dans une planchette évidée que l'on avait taillée dans du bois tendre. Alors, quelques particules de bois très sec étaient disposées dans la coupelle et de fines brindilles, elles aussi très sèches, étaient préparées pour les enflammer dès que les copeaux brûleraient. D'étape en étape, on pouvait ainsi faire jaillir la flamme.

Les autres activités pouvaient consister à communiquer grâce à des fanions comme on le pratiquait dans la marine. On apprenait à suivre une piste ou à déduire une action d'après les traces laissées dans un endroit restreint.

Vers la fin de l'après-midi, les garçons s'étaient réunis dans la cabane afin d'y tenir conseil. Par la suite, il fut décidé de se réunir à Tsarskoe Selo. Cela convenait mieux, pour tout dire, au plus grand nombre. Des volontaires affluaient toujours. En tout état de cause, il fallut rapidement décider la création de trois autres patrouilles afin de pouvoir accueillir des garçons supplémentaires. Il y en avait quelques-uns qui venaient même de Saint-Pétersbourg, étant donné que le bruit de la création d'un groupe de scouts à Tsarskoe Selo s'y était déjà répandu.

Les scouts exprimaient ainsi leurs envies, leurs idées, pendant les conseils, mais aussi trouvaient des solutions pour envisager des projets. C'est ainsi qu'ils avaient formulé celui de se créer un uniforme.

— Nous pourrions avoir, avait déclaré Vladimir, une tenue qui ait un style russe. Il faut qu'on puisse affirmer notre fierté d'appartenir à notre Patrie, la Sainte Russie.

La Russie connaissait bien des difficultés depuis quelques années. La guerre avec le Japon s'était terminée par une terrible défaite et la population russe essayait de retrouver confiance en elle. Cela se manifestait le plus souvent par des sentiments patriotiques exacerbés.

— Notre tailleur est tout trouvé, fit remarquer l'un des *Castors*. On pourrait demander au père d'Igor en espérant qu'il accepte. Il faut simplement se décider pour lui faire un croquis de ce que nous voudrions porter.

Le chef de patrouille avait alors dit qu'il en parlerait dès que possible à son père. On réalisa donc un certain nombre d'esquisses et, finalement, le tailleur se chargea du travail. Ainsi, *les Castors* étaient apparus, quelque temps plus tard, habillés d'un caftan de couleur verte et coiffés d'une *chapka* de mouton dont la coiffe, apparaissant au sommet, se révélait de couleur groseille.

— Tu es vraiment magnifique ! avait alors déclaré Nicolaï en voyant s'approcher Pavel.

Arrivant sur le lieu de rendez-vous fixé pour la sortie, celui-ci portait son caftan tout neuf à merveille. Il avait posé crânement sa *chapka* sur l'oreille.

Les aînés se congratulaient de même en se retrouvant. Le petit groupe avait fière allure, chacun portant son bâton, tandis qu'Igor avait fixé sur le sien le fanion des *Castors*. Ils étaient tout bonnement ravis.

De même que pour les sorties précédentes, Oleg Ivanovitch avait pris la tête de la colonne. Il était, quant à lui, vêtu comme à l'accoutumée : culotte et guêtres de toile kaki, ample chemise en lin beige et foulard autour du cou.

Lorsqu'ils arrivèrent auprès de leur hutte, les garçons qui s'étaient aussitôt débarrassés de leurs caftans s'écroulèrent à terre. Ils étaient hors d'haleine.

En outre, ils étaient en nage.

— Mon caftan se prend tout le temps dans les ronces ou dans les branchages, avait alors regretté Iouri sur un ton geignard.

Andreï et Dimitri réagirent de même. Aussitôt, les autres renchérirent. D'autre part, avec un beau temps chaud comme il y avait ce jour-là, ces larges manteaux s'avéraient totalement inadaptés. D'ailleurs, on les laissa sous la hutte et chacun se mit en bras de chemise afin d'être à l'aise.

À peine étaient-ils installés que les Castors avaient fait un feu, de même que les autres fois. Sa fumée bleue s'élevait dans une grâce aérienne au milieu des bouleaux et des sapins parmi lesquels on voyait filtrer les rayons du soleil. Ceux-ci semblaient vibrer, semblables aux cordes d'une harpe, au milieu de ces volutes insaisissables et translucides.

L'air était embaumé par une agréable odeur de feu de bois. Les oiseaux gazouillaient. Des sentiments de plénitude envahissaient la poitrine et ce que l'on ressentait, c'était tout simplement du bonheur.

— Bon, les gars, ce n'est pas le moment de rêver ! Nous devons monter la tente.

La voix forte d'Oleg était venue fort à propos secouer les garçons qui s'étaient assis sur des souches et commençaient à rêvasser. Ils n'allaient pas trop se faire prier. C'était pour eux la première fois qu'ils allaient camper. Ils aidèrent ainsi Vladimir à dérouler sur le sol un lourd paquet de toile et cela sentait bon le suif. Il fallut couper des perches afin de faire des mâts, puis on confectionna des piquets grâce aux restes d'émondage.

Vladimir avait choisi l'emplacement le plus favorable. En suite de quoi Pavel et Iouri nettoyèrent le terrain pour le dégager des ronces ou des racines indésirables. Alors, Igor et Nicolaï étendirent un confortable lit de feuilles mortes, à la fois sèches et craquantes.

En suivant attentivement les instructions de Vladimir et d'Oleg, tous *les Castors* se disposèrent autour de la tente et la levèrent en dressant les deux mâts, puis tendirent les cordelettes autour et les fixèrent aux piquets qui avaient été plantés pour cela.

Quand tout fut terminé, les garçons se précipitèrent à l'intérieur en se délectant à l'avance d'une nuit peuplée de rêves héroïques. Au milieu d'eux, Nicolaï avait ouvert une petite fenêtre d'aération, s'amusant à surveiller les environs de l'autre côté du croisillon de toile.

Un appel de trompe alerta brusquement *les Castors*. Ils se rassemblèrent aussitôt devant Oleg. Un jeu de piste allait commencer.

L'après-midi se trouvait bien avancée quand ils en revinrent. Alors, Vladimir avait couru vers feu pour en ranimer les braises. Il s'agissait de réchauffer le *borchtch* apporté dans un bouteillon. Cela devrait certainement rassasier les estomacs affamés.

Tandis que le jour baissait, presque insensiblement, les garçons s'étaient éparpillés dans le sous-bois pour y glaner du bois mort. Dans le campement, Pavel et Iouri qui étaient restés pour y casser du bois devaient le ranger sous forme de bûcher. Plus tard, une fois que la provision serait suffisante à fournir un feu de camp joyeux, ceux-ci chargeraient le foyer puis le monteraient pour en faire une pyramide.

Il ne faisait pas vraiment noir au moment d'entamer la veillée. La saison s'approchait du temps des nuits blanches et l'obscurité venait très tardivement.

Grâce au bois sec, une flamme énorme était montée presque instantanément, serpentant parmi les rondins, léchant les bûches. La lumière éclaboussait les visages et la chaleur incita les scouts à reculer. Vladimir avait apporté sa mandoline et lança sans attendre un chant joyeux ; *C'est le marchand Petrouchka qui revient, d'or est chargé son sac et il est content. Quand ses chevaux fatigués auront bu, jusqu'au matin il pourra rire et chanter...* Aussitôt, Nicolaï et Grigori s'étaient levés pour esquisser quelques pas de danse.

Alors, les garçons qui portaient leurs caftans sur

les épaules afin de se garantir de l'humidité du sous-bois, les enfilèrent immédiatement puis se mirent à tourner sur eux-mêmes à la façon des derviches.

Vladimir accéléra le rythme. Les pans des caftans bouffaient. Cela se termina dans une ronde infernale où fusaient des éclats de rire.

Alors, pour ramener le calme, Oleg avait levé les bras puis, s'étant levé, commença la présentation d'une énigme. Elle était trop simple et Iouri la trouva presque aussitôt. Vladimir en profita pour entamer sans attendre une autre mélodie.

La soirée s'était poursuivie, remplie de jeux, de rires et de chansons, mais ce fut surtout la captivante histoire imaginée par Oleg, en fin de veillée, qui avait emporté tous les suffrages. Il faut ici préciser que *les Castors* en redemandèrent. Hélas, il se faisait tard et c'était le temps de se coucher. Dès lors, un chant très doux qui permettait de rendre grâce au Ciel avait conduit les esprits des scouts au calme de la nuit.

— Venez ! chuchota Vladimir, en allumant près de la tente une lampe à pétrole. Il me faut vous montrer comment faire un lit quand on doit dormir à terre.

Ainsi fit-il étendre une toile étanche au-dessus de l'épais matelas de feuilles mortes. Ensuite, il montra comment s'isoler du froid qui vient principalement du sol en étalant des couvertures, et puis comment se faire un lit douillet dans une autre couverture étendue en diagonale et dont on replierait les pointes au-dessus de soi comme on le ferait d'une enveloppe à poster.

Tous les Castors étant ainsi douillettement couchés, des chuchotements se faisaient entendre et le chef en percevait quelques bribes en s'installant dans sa propre tente en compagnie de Vladimir.

— Igor ! murmurait Nicolaï. J'ai entendu des animaux trotter près de la tente.

— Moi aussi, continua son voisin qui devait être Andreï. Ça m'empêche de dormir.

— Pousse-toi, Dimitri ! s'énerva plus loin Iouri. Tu prends toute la place.

— Igor ! appela Grigori. C'est vrai. Quelque chose est en train de marcher près de la tente.

— Calmez-vous ! répondit ce dernier. Tout est normal. Seriez-vous des mauviettes ? Puis après un temps de silence : Imaginez que ce soit un ours ! On aurait sûrement des raisons de s'inquiéter.

Les garçons se le tinrent pour dit. Finalement, le bavardage alimenté par les frayeurs de la nuit passée pour la première fois dans les bois se poursuivit sur des sujets plus sereins. Iouri voulait savoir s'il serait le second. Pavel et Grigori demandèrent aussi ce qu'ils devraient faire au sein de la patrouille. Alors, Igor leur répondit que tout cela devrait se décider le lendemain, qu'on en discuterait avec le *Skautmastor*, avec Oleg.

— N'empêche ! reprit Iouri. Je suis le plus âgé derrière Igor. Ce serait normal que je sois le second de la patrouille.

Pavel était d'un naturel assez posé. Il lui dit que ça n'avait pas beaucoup d'importance. Ils auraient, de toute façon, quelque chose à faire et chacun serait responsable de son poste d'action.

— Tu aimerais faire quoi ? lui demanda Iouri.

— Peut-être secrétaire. Ça ne m'ennuie pas d'écrire.

— Et moi, poursuivit Grigori, je me verrais bien l'orienteur de la patrouille. Oleg me prêterait peut-être sa boussole.

Alors, Igor insista sur le fait qu'il lui faudrait parfaitement savoir l'utiliser. Ils discutèrent un moment de l'aiguille, un peu magique à leurs yeux, qui indiquait toujours le nord. Il fut aussi question de la grande ourse et de la petite ourse, alors, Grigori qui lisait décidément beaucoup les brochures consacrées aux sciences et aux techniques, expliqua comment ces constellations pouvaient servir à s'orienter.

— L'étoile polaire indique aussi le nord. Acheva-t-il avec une voix soudainement devenue faible.

— Un scout ne perd jamais le nord, énonça sentencieusement le chef de patrouille.

Il avait la voix pâteuse. Un instant plus tard, il était endormi. Dans la tente, on n'entendit plus rien.

CHAPITRE 4
1910
Les nuits blanches

Nicolaï était confortablement enroulé dans sa couverture et rêvassait, les yeux fermés, tout en restant à demi réveillé. Dehors, il faisait plein jour et, dans la tente, on sentait déjà rayonner la chaleur du soleil en train de s'élever. Dehors, on entendait le bruissement des insectes au petit matin.

Le garçon s'étira voluptueusement, puis regarda ce qui se passait tout autour de lui. De part et d'autre, il constata que les autres *Castors* étaient encore endormis. Iouri ronflait légèrement. Les autres étaient tranquilles. Grigori, près de Nicolaï, affichait un sourire béat. Se décidant tout à coup, le jeune Oushakov émergea de l'amas de couvertures et s'assit, le temps de replacer ses idées, puis il enjamba ses voisins pour entre bailler les pans de la lourde toile. Pour cela, Nicolaï avait dû délacer partiellement les cordons qui les tenaient fermés.

Il jeta dehors un coup d'œil inquisiteur. En face de lui s'étendait la plaine au-dessus de laquelle on voyait flotter de légers lambeaux de brume. Alors, il sortit de la tente et c'est à ce moment-là qu'il entendit qu'on l'appelait.

— Nicolaï Andreïevitch ! Qu'est-ce que je viens de dire ? Répétez-le !

Le garçon resta muet. Il semblait abasourdi.

— Alors, on rêvasse ? asséna la voix.

— Je… Je pensais à autre chose, répondit-il en rougissant.

— C'est bien ce que je disais, répondit le professeur. Vous n'écoutez pas ! Vous rêvassez, Monsieur Oushakov. J'ai vraiment l'impression que vous êtes ailleurs.

Il avait raison. Nicolaï était ailleurs. Il était avec *les Castors*. Il était au camp. D'ailleurs, à peine eut-il été libéré de l'attention du professeur de géographie que son esprit s'était encore évadé. Il avait fui, traversant délibérément la carte murale et les Amériques. En vérité, rien n'y faisait. Son attention ne parvenait pas à se fixer sur la leçon. Les souvenirs étaient trop forts. Le camp d'été des *Castors* était inoubliable à ses yeux.

Un mât se dressait dans la prairie. On y voyait flotter les trois couleurs de la Russie : blanc, bleu, rouge. Un peu plus loin, tout près de l'étang se dressait la *bania*, constituée de quelques vieilles tentes. À l'intérieur, un feu chauffait des pierres. En versant de l'eau dessus, cela remplissait l'étroit réduit de vapeur. Les garçons s'y tenaient quelque temps, transpiraient, puis courraient se plonger dans l'étang. En suite de quoi, plusieurs d'entre eux leur activaient le sang, munis de rameaux de bouleau.

Auprès du feu fraîchement ranimé, les garçons

rassemblés déjeunaient désormais ce matin-là de poisson grillé, d'une miche de pain, de pommes de terre à la cendre et de concombres. Une autre fois, ce serait plutôt d'un morceau de pain garni de poisson salé, saupoudré d'oignons finement coupés.

C'était comme un kaléidoscope emballé. De multiples images étaient en train de se bousculer dans l'esprit de Nicolaï. Elles y resteraient gravées sans doute à jamais.

Pour le camp, *les Castors* avaient finalement décidé d'abandonner toques et caftans. Ils s'étaient inspirés des tenues des scouts Anglais, telles qu'Oleg les leur avait décrites. On avait trouvé des shorts en grosse toile extrêmement solide et des chemises kaki. Cela faisait plus sportif. C'était surtout beaucoup plus pratique et très agréable à porter. Des chapeaux de feutre avaient même été dénichés pour se protéger du soleil et de la pluie. Tous avaient bien sûr autour du cou leur foulard bleu.

Non loin de là se trouvait un village. Oleg avait encouragé ses scouts à s'y rendre afin d'y réaliser de bonnes actions. Pavel et Nicolaï avaient remarqué, sortant de l'orée du bois, qu'une *babouchka*.(grand-mère) traînait péniblement tout un fagot pour son feu.

— *Genchina* ! (femme !) lui crièrent-ils après avoir un temps couru dans sa direction, laissez donc cela. Nous allons vous le porter.

— Ne touchez pas à ça ! leur répondit-elle en criant. Petits vauriens ! Profiter de la faiblesse d'une *babouchka* pour voler son bois, quelle honte !

— Mais, *genchina*… bégaya Pavel interloqué. Nous ne voulons pas vous voler ! Nous voulons seulement le porter. C'est pour vous rendre service.

Il eut toutes les peines du monde à lui faire accepter qu'ils n'étaient pas des voleurs de grand chemin, qu'ils étaient en réalité des scouts et que leur chef était un officier de la garde impériale. Alors, la *babouchka* se signa par trois fois, semblant cent fois plus effrayée. Nicolaï et Grigori qui les avait rejoints lui proposèrent alors d'entrer dans la forêt pour y faire une autre provision de bois mort et la lui porter jusqu'à son isba. Alors la *babouchka* comprit. Elle implora Dieu qu'ils soient bénits pour ce geste.

Le village était très petit. Il se composait de quelques rangées d'isbas qu'entouraient des jardins potagers. Chacun d'entre eux se trouvait délimité par des palissades à claires-voies. Ces maisons basses étaient de bois. Les encadrements des fenêtres étaient parfois décorés de motifs évidés. Lorsque les garçons traversèrent la rue principale en serpentant pour éviter les ornières et les trous remplis de boue séchée, des enfants pleins de curiosité les suivirent en sautillant de-ci de-là. Deux femmes étaient en train de bavarder par-dessus leur clôture. Elles avaient la tête couverte d'un fichu. Quand les scouts arrivèrent à leur niveau, celles-ci les hélèrent un peu familièrement. La maîtresse de maison leur proposa de se désaltérer d'un verre de *kvas*. Au nom des *Castors*, Igor accepta volontiers l'offre. Il faisait chaud. Le soleil était au plus haut. Cela leur ferait du bien car ils avaient la gorge sèche. Le *kvas* était délicieux. La femme y rajoutait des baies de toutes sortes et Grigori s'en pourlécha les babines. En rendant le verre, il remercia vivement la paysanne.

À ce moment, trois hommes apparurent au coin de la rue. Le visage de la femme s'était soudainement rembruni. Les trois individus titubaient, tout en essayant vaguement de se soutenir mutuellement car ils étaient fin saouls.

— Maudite vodka ! soupira tristement la paysanne.

L'un d'entre eux criait des slogans révolutionnaires et voulut s'avancer vers *les Castors*. On ne comprenait quasiment rien de ce qu'il voulait dire.

— Allez-vous-en ! cria la femme aux scouts. Il n'est pas dans son état normal. On ne peut pas le contrôler.

— Profitons-en pour aller jusqu'à l'église, proposa Pavel. On y trouvera le prêtre.

Ils prirent alors leurs jambes à leur cou.

La petite église était modeste. Elle se composait

d'un bâtiment de bois qui semblait revêtu d'écailles. Un petit clocher le surmontait. Il disposait d'un bulbe couvert, lui aussi d'écailles en bois. Une sorte d'atrium en charpente précédait l'entrée.

Quand ils furent à l'intérieur, les garçons se retrouvèrent enveloppés d'une douce pénombre. Il y avait des icônes à plusieurs endroits, devant lesquelles une forêt de petits cierges bruns brillaient. Plusieurs *babouchkas* s'y trouvaient, vénérant les saints tour à tour. En face de l'entrée, une assez belle iconostase, quoique modeste, assurait la séparation de la nef et du sanctuaire. Ayant entendu les craquements des pas sur le plancher, le prêtre apparut.

— Décidément, Nicolaï Andreïevitch Oushakov, ça fait un quart d'heure que je vous observe, la plume en l'air. Ma leçon ne vous intéresse donc pas ?

— Non... Enfin, je veux dire si Monsieur, mais...

— Il n'y a pas de mais ! Puisque aujourd'hui, vous n'avez pas la volonté de travailler, ce n'est pas la peine de rester à votre table. Allez dans le coin, au fond de la classe !

La tête baissée, Nicolaï entreprit de s'y rendre. Il suivit de loin les explications que donnait le professeur à propos de la ruée vers l'ouest aux Etats-Unis, les constructions de lignes de chemin de fer à travers le continent, les mines d'or et les forages au milieu de champs pétrolifères. Au bout d'un moment, cela ressemblait au ronron d'un chat. Nicolaï, un peu plus tard, avait à nouveau glissé vers ses souvenirs.

Le prêtre était apparu dans l'entrebâillement de l'une des portes de l'iconostase. Il avait donné l'impression d'être surpris par la présence de ces jeunes hurluberlus dans son église, alors Igor expliqua ce qu'ils voulaient.

— Nous sommes à la recherche de services à rendre. Nous voulons faire des bonnes actions.

Revêtu de sa soutane et portant une vaste barbe blanche auréolant son visage empreint de bonté, le prêtre approcha, prit les mains des garçons, l'un après l'autre, alors qu'on entendait à présent les criailleries des ivrognes au-dehors.

— Ce pauvre Foma ! s'exclama-t-il un peu tristement, tout en levant les yeux au ciel. Il est encore saoul. Depuis qu'il s'est fait embrigader par les bolcheviks, il n'a plus jamais fait correctement son travail à l'usine. À présent, c'est pire que tout. Voyez comme il insulte à présent l'Église.

— Pope, criait ce dernier d'une voix pâteuse, ton encens, il t'obscurcit le cerveau. La religion, c'est l'opium du peuple ! À bas les prêtres !

— En tout cas, fit remarquer Grigori, la vodka, c'est bien pire que la religion.

À ces mots, les garçons réprimèrent un petit rire. Les *babouchkas* s'étaient, elles aussi, regardées d'un air entendu, le sourire aux lèvres.

— Avec des garçons comme vous, je suis certain qu'on pourrait enrayer le fléau. J'espère que vous ne sombrerez pas un jour, vous aussi, dans l'alcool.

— Moi, je préfère le *kvas*, lui répondit candidement Grigori.

Les garçons s'esclaffèrent à nouveau. Le vieux prêtre avait froncé les sourcils.

— Finalement, vous êtes bien braves. Vous disiez que vous êtes des…, des quoi ? des scouts ? Expliquez-moi ce que c'est. À mon âge, il y a bien des nouveautés qu'on ne connaît pas.

Le prêtre entraîna les garçons vers sa maison qui jouxtait l'église. C'était une modeste isba, semblable aux autres, environnée de fleurs et c'est ce qui la différenciait dans le village. En général, on cultivait plutôt des fruits et des légumes en quantité. Cela permettait de préparer des conserves en vue de l'hiver. Le prêtre avait lui aussi son jardin potager. Cependant, il vivait de façon frugale et les villageois lui apportaient de temps en temps quelques bocaux de leur production. Les garçons lui avaient expliqué ce qu'ils étaient, ce qu'ils faisaient, recueillant l'assentiment du brave homme.

— Si vous voulez rendre service, allez donc à présent chez Marfa. Elle a besoin de cueillir ses cerises et ce n'est pas son ivrogne de mari qui pourra s'en charger. Du coup, ce sont les oiseaux qui profitent en ce moment de l'aubaine.

En fin d'après-midi, *les Castors* avaient rejoint le campement. Tout le monde était de joyeuse humeur. Ils racontèrent à leurs chefs, en se bousculant quelque peu, les péripéties de la journée. Pour couronner le tout, Iouri dévoila le panier rempli de merises, ainsi que de groseilles et de framboises offert en remerciement par Marfa pour le travail effectué.

La soirée s'avançait. *Les Castors* ne s'en apercevaient pas. On était alors au temps des nuits blanches et, dans le nord de la Russie, c'est une époque où le jour est interminable. On y est en plein dans le temps de la lumière. Il ne fait jamais nuit.

Peut-être était-il aux alentours de neuf heure et le souper s'achevait. Le soleil était encore assez haut. La journée se prolongeait. Les garçons vaquèrent encore à leurs occupations sans précipitation, lavèrent à grande eau les gamelles et préparèrent un bon feu pour agrémenter la veillée. Quand celle-ci commença, il faisait encore entièrement jour. Le soleil alors baissa rapidement. Vladimir avait bien évidemment sorti sa mandoline et c'est à ce moment que l'on vit s'approcher quelques paysans du village. Ils étaient accompagnés du prêtre et de Marfa. Des enfants les suivaient, légèrement intimidés.

Vladimir avait entonné sans crier gare un air entraînant. Deux paysans sortirent de derrière eux des *balalaïky*. D'autres avaient apporté des *lojky*. Cela permettait de marquer la cadence en frappant l'une contre l'autre une paire de ces louches à la façon de castagnettes.

À la fin du morceau, Oleg Ivanovitch intervint car il voulait présenter les nouveaux venus.

— Vous rcconnaisscz le père Vasil, n'est-ce pas. Il a bien voulu venir afin de nous bénir à la fin de notre soirée. Un grand merci pour tous nos musiciens qui nous offrent des moments plus beaux encore. Maintenant, je dois laisser la place à Pavel, à Nicolaï, ainsi qu'à Grigori qui nous proposent un petit spectacle.

Alors, les trois garçons qui s'étaient dissimulés de l'autre côté de la tente et qui patientaient, non sans quelque fébrilité, s'avancèrent, apparaissant soudainement en pleine lumière. L'horizon devenait rose au nord. Le soleil était rouge orangé. Cela les transfigurait dans les déguisements qu'ils s'étaient confectionnés.

Ce qu'ils présentèrent était un tableau racontant l'un des plus fameux épisodes de la vie du grand Alexandre Nevsky. C'était juste avant la bataille du lac Peïpous. Pavel avait revêtu les attributs d'Alexandre Nevsky. Grigori portait ceux de la Princesse Prakovia, son épouse, et Nicolaï était un messager revenant d'une entrevue que lui avait accordé Batu, le chef de la horde d'or.

— Seigneur, le Khan veut bien conclure une trêve, déclama-t-il après avoir ployé le genou devant Pavel.

— Grâce à Dieu ! répliqua ce dernier, nous pouvons désormais porter nos forces à l'ouest, et contenir les Teutoniques.

— Mon cher Seigneur, intervint Grigori d'une petite voix, vous sauverez la Russie. J'en suis sûre.

En observant le jeune Bolkonsky dans ses oripeaux féminins, déclamant sa réplique avec une voix de fausset, ses compagnons furent pris par un fou rire irrésistible.

L'assistance elle-même en fut contaminée. Oleg Ivanovitch avait pris son air sévère et cela n'y fit rien.

— Allons, allons, demanda-t-il aux acteurs, reprenez !

On s'était éloigné de la solennité nécessaire à l'évocation d'un tel événement. Les interprètes essayèrent alors de se remettre au cœur de l'action. Ce ne fut, certes, pas parfait, mais l'on su pourquoi le Prince avait finalement vaincu les chevaliers Teutoniques.

Il était minuit passé. Le soleil avait frôlé l'horizon. Il remontait déjà dans le ciel, à l'assaut d'une journée nouvelle.

Au temps des nuits blanches, il est coutumier

d'être dans un état second. La veillée s'était poursuivie par des danses endiablées puis des chansons mélancoliques. À la fin, le Père Vasil avait bénit les scouts et ses ouailles. Il est bien sûr inutile ici de préciser que *les Castors* avaient plongé sans la moindre difficulté dans le sommeil alors qu'il faisait plein jour. Cependant, juste au moment de s'endormir, Pavel avait eu l'impression d'entendre à nouveau les cris des ivrognes. Ils insultaient les scouts, l'Église et le *tyran* qui régnait sur la Russie.

CHAPITRE 5
Quai Ekaterininskaïa, 79

Sans aucun doute, il y a sur les bords de la Neva des moments magiques où tout semble assurer qu'une fée s'y est penchée.

À Saint-Pétersbourg, on pouvait penser ce jour-là que la cité venait à nouveau d'être effleurée par un coup de baguette magique. Il ne fallait, en effet, pas moins que les bontés de la Création pour ainsi couvrir à profusion les parcs et les jardins de tonalités somptueuses.

La ville impériale était baignée de lumière dorée comme il lui est propre. Un peu partout, sous un ciel au bleu pâle et diaphane, on s'émerveillait de ce que la nature était parée de ses plus beaux atours et les feuillages aux tonalités d'or et de pourpre offraient leur spectacle à la contemplation.

C'était le mois d'or !

Où que l'on aille, il n'y avait partout que splendeur et c'était d'autant plus remarquable au Jardin d'Été, dans le parc du Palais de Tauride, ou dans le jardin du Palais Mikhaïlovski. Dans le Jardin d'Été de la même façon que sur le Champ de Mars, on pouvait croiser des jeunes filles en train d'enfiler des feuilles mortes afin de se confectionner des couronnes. Dans ce décor impérial, il était naturel que chacun reçoive les salutations des passants comme on le doit à des souverains.

C'était dimanche. On entendait les carillons des cathédrales et des églises aux dômes étincelants qui ruisselaient de pluies de tintenelles. Après avoir suivi la Divine Liturgie, vénéré les Saintes Icônes et remis des oboles aux pauvres à la sortie, les habitants des différents quartiers de la capitale étaient rentrés chez eux pour y partager quelques agapes.

Il se trouve, à l'angle de Voznesensky Prospekt et du canal Ekaterininskiy, au n° 79, un immeuble cossu dont le porche était ouvert. Le comte et la comtesse Bolkonsky recevaient ce jour-là des amis. Dans la cour, une calèche attendait. Son cheval, ayant été dételé, savourait paisiblement quelques mesures d'avoine alors que son cocher se restaurait dans la cuisine. À l'étage, dans la salle à manger tendue de soieries brochées rouges aux lambris d'acajou, les convives achevaient le repas. Ceux-ci dialoguaient, parfois vivement, sur la situation du pays. Le colonel Oushakov était l'un des plus passionnés. Son épouse Irina qui l'accompagnait conversait en aparté, penchée vers la maîtresse de maison. Près d'elle était placé Ivan Olegovitch Olougine alors que Iekaterina Vassilievna s'était vue placée face au colonel, à la gauche du comte.

—Je suis inquiet de constater que rien ne s'améliore, expliquait de sa voix forte Andreï Antonovitch, et je crains que le moral de nos soldats ne soit déjà lui-même assez profondément touché !

— Désolée de vous interrompre un instant, cher colonel, avait coupé la comtesse. À présent, je vous invite à venir au salon pour y boire le thé. Nous y serons bien mieux pour achever cet intéressant débat.

— Chère amie, fit remarquer Iekaterina, vous nous avez offert un repas tout à fait délicieux. Vos mets sont si raffinés ! En vérité, vous devez avoir un trésor caché dans votre cuisine.

— Nous avons eu l'opportunité de disposer d'un cuisinier français, répondit la comtesse Bolkonsky tout en conduisant ses invités vers le salon. Je lui transmettrai vos compliments.

Dans le salon, les eaux du canal où se reflétaient les immeubles d'en face, illuminés par un franc soleil d'après-midi, miroitaient sur le plafond. Des fenêtres, on apercevait les lanternes ouvragées du pont Voznesensky.

La compagnie s'installa dans des fauteuils entourant une table bouillotte où trônait un très beau samovar en argent. Alors, la comtesse alla se saisir de la théière assortie qui se trouvait au sommet pour y garder la chaleur. Elle versa dans les tasses en porcelaine de la manufacture de Saint-Pétersbourg un fond de thé fort et le compléta d'eau chaude au robinet du samovar. Enfoncé dans le creux de son fauteuil, le colonel Oushakov avait repris le cours de ses jérémiades en rappelant qu'on en était toujours au même point depuis la fusillade tragique du 22 janvier 1905.

Cela faisait à peu près quatre ans que ces événements s'étaient produits mais rien ne semblait se calmer. Des tensions perduraient tandis que les partisans des Mencheviks ou des Bolcheviks avaient de plus en plus d'influence, aussi bien dans les milieux ouvriers qu'au sein de la bourgeoisie, voire au milieu des nobles. Le régime autocratique, au sein de ce fatras, semblait totalement impuissant, complètement dépassé. Pour achever le tableau, l'état d'esprit des soldats devenait, comme l'avait fort justement montré le Colonel Oushakov, extrêmement inquiétant.

— Votre analyse est si pertinente, ajouta le comte à ces considérations que j'étais récemment chez le Prince Youssoupov avec des amis qui sont tout à fait du même avis.

— Ne broyez pas tout ce noir, intervint Iekaterina. Voyez quelle idée géniale est en train de développer ce cher Oleg Ivanovitch. Ainsi pouvons-nous espérer, grâce à lui, qu'une influence bénéfique ait sur les jeunes un effet positif et soit d'ici quelque temps salutaire à la Russie.

Irina Sergeïevna soutint sans hésitation l'avis de son amie. Les principes expérimentés par la patrouille des *Castors* étaient essentiels à ses yeux pour préparer de bons citoyens.

— Vous avez parfaitement raison, reconnut le colonel. Hélas, il n'y a pour l'instant que sept apprentis citoyens. Nos scouts, en réalité, devraient se compter par milliers. Les sociétés de loisirs ne sont absolument pas à la page. Elles sont d'un autre temps. Il faudrait que les gazettes expliquent aux éducateurs ainsi qu'aux parents ce qu'est l'œuvre d'Oleg Ivanovitch.

Le comte Bolkonsky reconnaissait lui aussi les bienfaits de l'action d'Oleg. Son épouse estima qu'on pouvait aussi toucher les jeunes filles et que ces dernières auraient certainement le même enthousiasme que leurs garçons. Là-dessus, ce fut Irina qui lui confia que Nina Pantukhova songeait à s'en occuper.

— Si l'une ou l'autre d'entre-vous le souhaite, nous pourrions certainement la soutenir dans son projet, conclut-elle avec un sourire engageant.

— En attendant, poursuivit le comte, il nous faut convaincre avec passion tous ceux qui ont quelque pouvoir et cela jusqu'au plus haut niveau. Malheureusement, si l'on se fie au point de vue de Félix Youssoupov, il est à craindre que la famille impériale ne soit sous l'emprise d'inquiétantes influences. Il prétend que le *staretz* Grigori Raspoutine aurait envoûté la tsarine et ses proches. Il en serait de même avec un bon nombre de personnes de la haute société.

— En tout cas, nos enfants sont revenus parfaitement ravis de leur camp d'été, rappela fort opportunément Ivan Olegovitch Olougine. En tout état de cause, c'est de loin le meilleur moyen de toucher d'autres enfants. Pavel a été tellement marqué par ces jours au fond des bois qu'il ne parle plus que de cela. Plusieurs de ses camarades, à l'école, ont envie d'en faire autant. D'autre part, il y a de nombreux parents qui voudraient pouvoir inscrire aussi leurs enfants.

La comtesse informa ses amis qu'il était question, grâce à l'intervention d'un dénommé Janchevesky, d'ouvrir une troupe en ville, à Saint-Pétersbourg même. Irina savait, par ailleurs, qu'Oleg Ivanovitch allait créer sous peu trois autres patrouilles à Tsarskoe Selo.

Sans qu'aucun des invités n'y ait pris garde, il apparut soudainement que l'après-midi s'était largement avancée. Les hommes avaient dégusté silencieusement leur petit verre de vieux cognac alors que leurs épouses, à côté, bavardaient à mi-voix.

Les trois femmes étaient, quant à elles, entièrement plongées dans un important sujet de conversation. Cela se passait dans un coin du salon qui leur avait servi de refuge. Elles s'étaient ainsi retirées près de la fenêtre illuminée par des éclats de soleil. Ces effets mouvants de lumière étaient projetés par les frissons du canal au travers du bouillonnement de fin linon des rideaux. Elles discutaient de leurs enfants. La comtesse Bolkonsky n'avait pas trouvé de mots suffisamment enthousiastes à son goût pour dire à quel point son fils était revenu transformé de son camp d'été.

— C'est fou comme il est épanoui ! insista-t-elle.

— Il en est de même au sujet de Nicolaï, avait ajouté l'épouse du colonel, et je n'aurais jamais imaginé qu'il puisse être aussi passionné pour quelque chose.

Irina qui s'inquiétait depuis longtemps de savoir si son garçon n'était pas un peu trop fluet voyait à présent qu'il se comportait le plus normalement du monde.

— Et j'ai découvert, il y a peu, qu'il avait grandi ! poursuivit-elle.

— Cela leur fait un bien fou, surenchérit Iekaterina. Pour ma part, je suis très heureuse en voyant qu'on les éduque à prendre ainsi des responsabilités. C'est de cela qu'a précisément besoin le peuple russe. On l'a trop longtemps considéré comme un enfant.

Irina tempéra les propos de sa voisine. Elle lui fit remarquer que certains pourraient lui reprocher d'avoir un point de vue révolutionnaire.

— Vous savez, ma chère, il est urgent de transformer la Russie pour en faire un État majeur. À défaut, de vrais révolutionnaires en prendront le contrôle et ceux-ci mettront tout à sac.

— En attendant, je ne regrette pas d'avoir accepté que Grigori soit enrôlé par ce cher Oleg Ivanovitch, essaya de s'interposer la comtesse afin de replacer la conversation sur un sujet moins tendu.

Irina se montra de son avis. Elle estimait qu'il fallait maintenant soutenir autant qu'on le pouvait ce projet.

— Il faudrait en faire autant pour les filles ainsi que je vous l'avais déjà dit tantôt. Je pense à mon aînée, Sophia, qui vient d'avoir neuf ans. Cela lui ferait le plus grand bien.

— N'est-elle pas un peu trop jeune ? Objecta la comtesse.

— Anna Kirilovna, lui répondit son amie, je suis de votre avis. Cependant, c'est dès maintenant qu'il faudrait former ce groupe. Ainsi, Sophia pourrait entrer d'ici quelques années dans une unité constituée.

Iekaterina qui résidait de façon durable à Pavlovsk, avait fait la connaissance, incidemment, de Nina Mikhaïlovna Pantukhova. Elle expliqua comment la jeune épouse d'Oleg Ivanovitch – une femme absolument charmante – avait été touchée par le projet de son mari puis s'était littéralement passionnée pour lui.

— Elle pense à cela, elle aussi. Il y aura d'ici peu des guides en Russie. Je vous le prédit !

— Je suis prête à l'aider, poursuivit Irina spontanément.

— En attendant, cette adorable Nina ne manque pas de talent. C'est elle qui avait confectionné les foulards de nos garçons. Je sais grâce à Pavel qu'elle est en train de coudre avec application des fanions pour les patrouilles et ceux-ci seront ornés chacun par une silhouette d'un animal.

— Ma chère Irina, vous qui avez tant de talent pour la danse, il se pourrait bien que cela soit utile à nos futures guides.

— Cependant, j'ignore absolument si la danse

est envisagée dans leurs activités, répondit l'ancienne étoile. Il se peut que la musique ait beaucoup d'intérêt pour elles. Aussi, je suppose que Iekaterina qui est concertiste de renom pourrait leur apporter son savoir faire.

Iekaterina Vassilievna, comme Irina le faisait remarquer, jouait dans un orchestre de chambre à Tsarskoe Selo. Elle y était violoniste et se glorifiait d'avoir joué plusieurs fois devant la famille impériale.

— À vous deux, réfléchit tout haut la comtesse, vous pourriez éveiller tout simplement les guides ou les scouts à des formes d'expression variées. De mon côté, ce serait plutôt la broderie que je pourrais enseigner.

— Nous n'en sommes pas là ! s'exclama la mère de Nicolaï, et nous ignorons si nos idées conviendraient aux chefs de nos enfants. Mes amies, je crois que nous délirons. Il se pourrait bien qu'on attende plutôt de nous d'apprendre à planter la tente ou faire un feu.

— Vous n'y pensez pas ! s'offusqua la danseuse étoile. Imaginez vous que je puisse aussi m'asseoir par terre ?

— Et pourquoi pas ! lui répondit la comtesse en riant. Nous le faisons parfois quand nous partons pique-niquer.

C'est alors qu'à l'étonnement de ses compagnes, Anna Bolkonskaya se déclara prête à s'en aller camper sous la tente avec les guides.

— Etes-vous folle ? lui rétorqua l'épouse du colonel. Imaginez ce qu'on ne manquerait pas de dire à votre sujet ?

— On nous fait déjà passer pour des originaux, mon mari et moi. Ce sera pour nous le moyen de justifier notre réputation. Et puis, voulez-vous savoir ? Je suis très impatiente de dormir sous une tente et de voir à quoi cela ressemble.

— Qu'en penserait votre mari ? lui souffla tout près de l'oreille Irina, les yeux pétillants.

La comtesse avait répondu d'une mimique, exprimant la folle excitation que cela provoquait chez elle.

— Quant à Piotr, expliqua-t-elle avec un air entendu, j'en fait mon affaire.

À ce moment, la sonnerie d'un très ancien cartel indiqua qu'il était déjà 5 heures.

Dehors, le soleil illuminait désormais les façades, en face, à longueur de quai tandis que le canal était entièrement tapi dans l'ombre. À présent, les invités de la comtesse étaient en train de prendre congé. Irina Sergeïevna proposa que les Olougine viennent avec eux dans la calèche du colonel. Les Oushakov pouvaient tout à fait les reconduire à la gare de Tsarskoe Selo car le couple Olougine avait son train pour Pavlovsk.

CHAPITRE 6
Le Tsar et le Général

Pavel et Grigori se mesuraient dans la neige, avec ardeur. Au-dessus d'eux s'élevaient des volutes étincelantes aux milliers de cristaux brillant dans les rayons du soleil. Les deux garçons se bagarraient dans la neige. Elle était délicieusement fraîche, encore incomparablement duveteuse après la tempête et c'était un véritable plaisir que de s'y rouler.

Tout autour d'eux, les autres scouts encourageaient les deux adversaires. Ils soutenaient surtout Grigori. Pavel était beaucoup plus trapu que lui, beaucoup plus musclé. Cependant, Grigori se défendait bien. Depuis son arrivée chez les scouts, il s'était étoffé. Le petit garçon fluet devenait mieux bâti.

L'air était vif et les garçons s'étaient chaudement vêtus. Tous, ils avaient chaussé les bottes de feutre, enfilé le caftan doublé, caché les oreilles au-dessous de la *chapka* de mouton, finalement bien utile en hiver.

Grigori commençait à se fatiguer. Ce fut Pavel, en conclusion, qui prit le dessus. Son adversaire avait cessé le combat, restant couché sur le dos dans un épais matelas tout blanc. Bolkonsky riait d'aise en reprenant sa respiration. Il battit des bras et des jambes. Après qu'il se soit relevé, cela laissa la marque d'un ange au sol.

Les autres riaient de bon cœur. Ils s'étaient aussi dépensés sans compter. Cela se manifestait par des joues rouges et des yeux pétillants. Nicolaï allait partir à l'assaut d'un autre adversaire. Il fut arrêté dans son élan par un appel. C'était Vladimir. Il fallait rentrer.

Aucun d'entre eux ne sentait le froid mordant. Bien au contraire, ils avaient l'impression de bouillir et leur haleine exhalait des nuées vaporeuses essaimant parfois de petits cristaux étincelants.

Quand ils furent entrés dans le bâtiment voisin, les garçons secouèrent énergiquement leurs vêtements, les enlevèrent ainsi que leurs bottes et pénétrèrent, après les avoir accrochés, dans une vaste salle ornée de différents trophées. C'était le lieu de réunion déniché par Oleg Ivanovitch à l'intention de ses scouts. Il s'agissait d'une dépendance inoccupée, située dans une aile, au sein du casernement du 1er bataillon de fusiliers de la garde impériale. Les patrouilles, au cours de l'automne, avaient décoré ce lieu de réunion que les garçons surnommaient désormais le *Chtab* (le quartier général). Elles étaient désormais quatre. La troupe, ainsi, se trouvait formée, ce qui avait fait des heureux parmi les volontaires. On y retrouvait particulièrement des garçons qui étaient présents quand le chef était venu dans le parc de Pavlovsk afin d'y semer ses idées.

Une fois parvenu dans la salle, on pouvait remarquer, de part et d'autre de l'entrée, les coins de patrouille où les scouts avaient accroché leurs trophées sur le mur. Bien sûr, ils y avaient placé leur fanion, celui-ci se trouvant à la place d'honneur. Dans ce coin, les garçons disposaient en outre de bancs, mais aussi d'un coffre où leurs affaires étaient rangées.

Les fanions qu'avait confectionnés Nina se composaient d'un triangle en tissus jaune orangé. La jeune femme y avait peint la silhouette animale, évoquant symboliquement la patrouille, avec une encre noire indélébile.

Un cri retentit tout à coup.

— Rassemblement !

Vladimir appelait la troupe et les garçons revêtus de leurs tenues scoutes avaient immédiatement rejoint l'emplacement prévu pour cela. Ils s'étaient alignés de manière à former un large U selon les dispositions qu'Oleg avait retenu de sa lecture du livre *Scouting for boys*.

— Nous sommes arrivés les premiers, souffla Dimitri qui se trouvait près de Nicolaï.

— Chut ! lui signifia Igor avec un air réprobateur.

Oleg et Vladimir étaient placés face aux scouts. Oleg avança d'un pas.

— *Rousskiy Skaut* ! envoya-t-il.

— *Bud Gotov* ! (sois prêt !) lui firent écho les garçons.

Un silence avait suivi leur cri. Quelques secondes après, le chef indiqua ce qu'ils allaient faire au cours de l'après-midi. Quand il eut fini, les garçons se dispersèrent et se retrouvèrent en patrouille, aussitôt, dans leurs coins respectifs. Dès lors, il sembla que la salle était devenue tout aussi remplie d'animation que pouvait l'être une ruche. Il s'agissait de confectionner tous les éléments pour un jeu. Les uns fabriquèrent un coffret pour y serrer des joyaux, les autres avaient la mission de confectionner des parchemins sur lesquels il fallait calligraphier des messages. Ici, *les Aigles* étaient en train de préparer des rubans de couleur afin de pouvoir identifier les adversaires alors que, là-bas, *les Ours* installaient différents piquets qui serviraient à délimiter les camps.

— Igor ! avait demandé Pavel. Sais-tu quand nous jouerons ? Cela m'étonnerait que ce soit cet après-midi. La nuit devrait bientôt venir.

— C'est pour samedi prochain, lui avait répondu le CP. Si j'ai bien compris, nous utiliserons des traîneaux pour nous déplacer.

Pavel allait en rêver tous les autres jours de la

semaine. Les autres aussi.

*

En avant des garçons, les chevaux trottaient dans la neige et les clochettes ornant leurs colliers tintinnabulaient gaiement dans un horizon grisâtre.

— Nous arriverons bientôt dans le village de Pulkovo.

Igor indiquait des maisons perdues dans la plaine immaculée. Autour de lui, les autres *Castors* étaient serrés dans le traîneau qu'Oleg avait obtenu grâce à des amis. Un peu plus loin, sur la droite et sur la gauche, on voyait filer d'autres traîneaux. C'étaient les autres patrouilles.

— Il ne faut pas s'en occuper, poursuivit le CP. Chacun des traîneaux doit suivre sa propre route avec la boussole. Elles sont assez différentes.

— C'est à Pulkovo que nous devons chercher le prochain message ?

Andreï, Dimitri, Grigori, Nicolaï, Iouri, Pavel et Igor étaient tassés les uns contre les autres et couverts de larges pelisses.

— Oui. répondit-il à Iouri. Nous ne devrons pas perdre de temps. Observez bien les environs ! Ce serait trop idiot de rater des signes de piste.

Pavel était aux aguets. Nicolaï, au contraire, était en train de rêvasser. On était à présent tout près de l'entrée du village et des filets de fumée montaient

69

paisiblement des cheminées.

— Là-bas ! s'écria Dimitri. Regardez le tas de bois.

L'*ekipaj* incurva sa trace en direction du point désigné mais ce fut une fausse alerte.

— L'arbre ! désigna Nicolaï, soudainement dressé.

Un arbre isolé dont les rameaux semblaient crouler sous la neige offrait un semblant d'abri. Le traîneau s'immobilisa tout près. Les scouts emmitouflés dans leurs caftans doublés sautèrent dans la neige et progressèrent en faisant des bonds jusqu'à leur but.

Igor avait immédiatement repéré ce qu'ils cherchaient mais il laissa les autres un moment. Grigori finit par apercevoir le signe de piste. Il était fait de plusieurs branchettes. Leur disposition formait un carré dans lequel on pouvait distinguer le chiffre 7. Sur un côté, se trouvaient d'autres branches en forme de flèche.

Iouri fit alors sept grands pas dans la direction qu'on leur indiquait ainsi. Rien n'apparaissait à cet endroit. La neige était étendue partout. Ce fut alors Dimitri qui remarqua quelques bosses. Il chassa la neige avec ses mains comme aurait fait un chien grattant le sol et mit au jour un tas de pierres. Elles étaient disposées comme une pyramide et ce fut en dessous qu'ils découvrirent un premier message secret.

Le parchemin fut déroulé par Igor. Les garçons s'étaient agglutinés tout autour de lui, mais ce fut la déception qui parut sur les visages. Il n'y avait rien d'écrit.

— Sans doute est-ce un oubli des chefs !

— Alors, nous ne pourrons pas aller plus loin.

— Crois-tu ? Iouri, répondit Pavel. Examinons ce papier de près.

Le jeune Olougine avait pris le papier jaunâtre. Il le tourna, le retourna, le regarda par transparence et le renifla.

— Et s'il était écrit grâce à de l'encre sympathique ?

— Tu lis trop de romans, lui répondit Dimitri.

— Essayons tout de même, insista Grigori. Il suffit de chauffer le papier avec une flamme.

Alors, Igor battit le briquet d'amadou qu'il portait avec lui, ce qui révéla sur le papier le message caché. Celui-ci recelait une énigme à déchiffrer, puis un lieu de destination pour aller jusqu'à la prochaine étape.

Les *Castors* ajustèrent leurs chapkas tout en se précipitant vers leur *ekipaj*.

D'étape en étape, ils avaient finalement débobiné le fil d'Ariane et s'étaient retrouvés devant... la petite église du père Vasil. Ils se réchauffèrent avec un Bortsch encore fumant dans la salle à manger du prêtre. À leur grande déconvenue, *les Ours* y étaient déjà. Ce fut une déception pour *les Castors*. Les autres arrivèrent ensuite et Marfa leur servit aussi le Bortsch qu'elle et plusieurs femmes avaient préparé dans la matinée.

— Etes-vous maintenant réchauffés ? demanda Oleg.

Une réponse unanime assura que c'était bien le cas.

— Alors, on peut se rendre à côté pour achever la journée en beauté.

Au sein de la petite église où régnait, dans la pénombre, une atmosphère incroyablement bienfaisante, il fallait se contenter de la lumière des cierges afin d'admirer puis de vénérer les icônes anciennes. Cela miroitait dans les dorures. Autour du père Vasil, Oleg avait rassemblé les scouts et le prêtre avait bénit leur tout nouvel étendard. Il était fait de soie semblable à de l'or et présentait l'effigie de Saint Georges en train de terrasser les forces du mal.

En retrait des scouts, on distinguait des ombres. Il y avait là quelques parents : Irina Oushakova, son mari et leur fille aînée Sophia, la famille Olougine ainsi que le comte et la comtesse Bolkonsky, la famille Ilin et quelques autres. Nina Pantukhova s'y trouvait aussi, se tenant discrètement près d'une icône de Saint Jean Chrysostome.

— C'est elle ! avait murmuré Grigori tout en

désignant la jeune épouse d'Oleg. Elle a peint ce Saint Georges. Ma mère me l'a dit.

— Cet étendard est magnifique ! avait soufflé Pavel. Dire que nous pourrons prononcer notre promesse en le serrant dans notre main !

Ce jour-là ce fut Igor et quelques CP et seconds qui devaient prononcer leur promesse. Les autres en rêvaient déjà. Ces derniers songeaient à franchir au plus tôt les obstacles entravant le chemin des pattes tendres. À leur tour, ils seraient de vrais scouts avant la fin de l'hiver !

Encore tout émerveillés par l'atmosphère extraordinairement chaleureuse et recueillie de la petite église, ils en sortirent alors et ce fut pour y retrouver le froid.

Après avoir quitté le père Vasil et s'être plongés dans l'air glacé, les garçons se précipitèrent en direction de leurs traîneaux car ils étaient pressés de retrouver leur *chtab*. Dehors, on sentait la luminosité baisser. Le crépuscule allait s'étendre.

— Grâce à Dieu ! s'écria Nicolaï, le mari de Marfa n'est pas là.

— Cet ivrogne est inquiétant, continua Pavel, et pour tout vous dire, il me fait peur.

Les Castors avaient repris place en se couvrant bien sous les pelisses, après avoir enfoncé leur chapka jusqu'aux yeux. La température avait sensiblement baissé. Les nuages étaient clairsemés, ce qui semblait présager qu'il ferait froid pendant la nuit.

Le cocher s'installa sur son siège et fit claquer son fouet. Le traîneau s'ébranla.

— Les gars ! s'exclama Pavel à mi-voix, regardez ! Voilà Foma.

Tétant nerveusement ce qui restait d'une cigarette jaunâtre, il était en train de parlementer, près de la sortie du village, au milieu d'un groupe apparemment constitué d'ouvriers des ateliers Putilova. L'un d'entre eux semblait marquer de l'autorité sur les autres. Au passage de l'*ekipaj*, ils se retournèrent en direction des scouts.

— Ils me font froid dans le dos, fit remarquer Grigori.

— On ne peut pas dire qu'ils ont le visage aimable, ajouta Nicolaï. Quelques-uns d'entre eux seraient plutôt patibulaires.

Igor, à ce moment, leur fit part de ce qu'il en pensait. Pour lui, ces individus formaient tout simplement dans le village un noyau bolchevik et leur chef était en train de les monter contre l'ordre établi.

Tandis qu'ils approchaient de Tsarskoe Selo, Grigori fit remarquer que des cavaliers venant du nord approchaient à vive allure.

— Mon Dieu ! s'écria Iouri, ce sont des hussards de la garde.

Comme ils ne se trouvaient plus désormais qu'à

quelques centaines de mètres, il devenait aisé d'observer qu'ils précédaient une troïka suivie d'un autre escadron de cavaliers. Les scouts étaient tous en arrêt, les yeux écarquillés. Ce fut Igor qui comprit le premier.

— Les gars, c'est le tsar !

L'*ekipaj* impérial arrivait à vive allure. Afin de le laisser passer, le cocher des *Castors* arrêta son attelage et les suivants se rangèrent en arrière. Au passage de l'empereur, les garçons se dressèrent et levèrent à bout de bras leurs bonnets tout en criant.

— Vive le tsar !

Alors, le souverain se tourna vers eux, les considérant d'un regard bienveillant, puis leva la main à hauteur de la caquette de soldat qu'il portait toujours afin de répondre à leur civilité.

— L'empereur nous a salué ! L'empereur nous a salué ! criait Dimitri, tout excité.

Le cortège impérial, au loin, s'évanouissait déjà.

*

Dans leur appartement de fonction simple et cependant confortable, Oleg et Nina venaient d'achever le plat de *kasha* du petit-déjeuner qu'accompagnait du saucisson. Nina s'était levée pour aller chercher la théière et remplit leurs tasses en porcelaine. Dehors, il faisait beau. Le printemps s'annonçait prometteur. De son côté, Oleg avait pris le journal apporté, peu avant, par un

praporchtchik (aspirant). Ils discutaient de l'initiative engagée par son ami Vassili Grigorievitch Jantchevetskiy. Celui-ci venait d'ouvrir un groupe de scouts à Saint-Pétersbourg.

— Il paraît qu'ils sont déjà très nombreux, s'extasiait Nina. Les Bolkonsky m'en ont parlé. Toutefois, je crois qu'Irina laissera son fils à Tsarskoe Selo. Il s'entend trop bien dans la compagnie des *Castors*.

— Et pour cause ! lui répondit Oleg. Ici, nous appliquons le système des patrouilles ainsi que c'est décrit dans *Scouting for boys*. À Saint-Pétersbourg, Jantchevetskiy s'est contenté de garder ses scouts en un seul groupe, sans le subdiviser grâce à des patrouilles. Je pense qu'il a tort ! Avec les patrouilles, nos jeunes ont de vraies responsabilités. J'ai bien peur que cela ne soit pas le cas là-bas.

Nina Mihaïlovna venait de verser à nouveau du thé pour son mari. Restant la théière en suspens, la jeune femme assura qu'elle envisageait les choses autrement pour les filles. Elle s'était dépensée sans compter pour ouvrir une compagnie de guides. C'était fait. Les filles y étaient, semblait-il, heureuses et Nina travaillait à leur adapter les idées du scoutisme.

— Tu sais, dit-elle à son mari, j'ai vu récemment notre chère Irina. Son aînée Sophia, d'après ce qu'on m'a dit, se plait beaucoup parmi les guides. Je me souviens combien sa mère était émotionnée quand elle a rejoint la compagnie. Sophia est encore si jeune !

*

Oleg ouvrit le journal et le parcourut très rapidement. L'un des articles attira malgré tout son attention.

— Nina ! lança-t-il à l'intention de sa femme. Il y a dans la gazette un reportage au sujet des organisations de loisirs.

— Ne devait-on pas les présenter l'un de ces jours à l'empereur ?

— Justement. C'est pour cela que c'est relaté.

Les Pantukhov avaient un point de vue plutôt réservé sur ces nouvelles organisations pour la jeunesse. Ils regrettaient particulièrement leur aspect militaire et la composition de bataillons de petits soldats.

— Quand je pense, insista le *chtab-kapitan*, qu'ils vont jusqu'à faire faire aux enfants l'exercice avec des petits fusils de bois !

— Un jour, le rassura Nina, nos dirigeants comprendront que le scoutisme est bien mieux adapté que tout ça pour les aspirations de la jeunesse. En attendant, nous allons bientôt fêter notre première année d'existence. Nous ne sommes évidemment pas très nombreux, mais j'ai confiance en la qualité de notre système. Il devrait trouver d'ici quelque temps la reconnaissance et le soutien de la société russe.

À la fin de la semaine, il y eut un rallye des scouts et des guides au parc de Pavlovsk. Une délégation de ceux de Saint-Pétersbourg avait fait le déplacement. Grigori, Pavel et Nicolaï avaient vraiment fière allure avec leurs grands chapeaux, la chemise kaki, la culotte en drap marine et le foulard bleu clair autour du cou. Beaucoup de parents les accompagnaient. Ce fut un beau rassemblement.

*

Huit mois plus tard, après son petit-déjeuner, le capitaine Oleg Ivanovitch achevait comme à l'accoutumée de feuilleter la gazette et ce fut à ce moment-là que le vaguemestre apporta un pli qu'Oleg ouvrit nerveusement.

— *Dorogaïa* ! (chérie !) C'est absolument fantastique !

— Que se passe-t-il, Oleg ? Pourquoi donc es-tu tout excité ?

— Il est à Saint-Pétersbourg ! Te rends-tu compte ? Il faut absolument que j'aille le rencontrer. Je ne voudrais le rater en aucun cas.

— Mais de qui parles-tu ?

Dans son excitation, le jeune homme avait omis d'expliquer ce dont il s'agissait. Son ami Jantchvetsky l'informait de la présence à Saint-Pétersbourg du fameux général anglais Baden-Powell, celui-là même qui avait imaginé le scoutisme. Cet important mouvement de jeunes était d'ailleurs en train de connaître un succès fulgurant dans son pays. Vassili Grigorievitch, enfin, précisait que le général avait pris résidence à l'Hôtel de France.

— Je cours à présent chez le colonel. Il faut que j'obtienne une permission. Dès que ce sera fait, je devrai contacter Vassili. Je veux aller tout de suite à Saint-Pétersbourg.

Quand ils furent à la réception de l'Hôtel de France, Oleg et Vassili demandèrent au gardien que l'on prévint le général anglais de leur présence et qu'on l'informe en même temps qu'ils sollicitaient une entrevue. Un valet prit leurs cartes de visite et se rendit jusqu'à la chambre. Pendant ce temps, le réceptionniste avait suggéré qu'ils attendent à côté, dans le grand salon.

La pièce était vaste et confortable. Il y avait, au centre, une cheminée rayonnant d'un bon feu devant laquelle un homme était en train de se réchauffer les mains. Visiblement, ce client de l'hôtel arrivait du dehors où le froid mordait ce jour-là, tant il était vif.

Oleg et Vassili patientaient depuis de longs instants quand le valet se présenta dans la pièce et se dirigea vers le voyageur auquel il remit les cartes de visite

L'homme alors se retourna puis, très souriant, marcha vers les deux amis.

— Alors, c'est vous les fameux inconscients qui ont lancé le scoutisme en Russie. Bravo !

Le nouveau venu portait un costume trois pièces en tweed. Il était plutôt dégarni, pouvait avoir une cinquantaine d'années, semblait bien alerte et rayonnait d'un sourire assez malicieux. Il leur tendit vivement la main gauche, et serra les leurs en de vigoureux *shake-hand*.

Oleg avait bredouillé quelques mots de politesse en mauvais anglais, puis s'excusa de ne pas mieux pouvoir s'exprimer dans la langue de Shakespeare.

Le général avait immédiatement balayé cette excuse avec un bon mot, leur indiquant dans le même temps des fauteuils où s'asseoir autour du feu. S'il le fallait, les trois hommes auraient à communiquer grâce à des signaux de fumée, sinon par le moyen du sémaphore. Ils ne se débrouillèrent en tout cas pas trop mal et parvinrent, au bout du compte, à se comprendre.

Ainsi, le capitaine Pantukhov expliqua-t-il à l'Anglais comment sa propre expérience avait rejoint la géniale idée du scoutisme. Le général avait mis ses visiteurs à l'aise. Ils s'étaient d'ailleurs enhardis, se sentant très vite en parfaite harmonie de pensée grâce à la magie de l'Esprit Scout. Ils posaient de multiples questions qui semblaient de véritables salves d'artillerie mais cela ne semblait pas déplaire à leur interlocuteur. Il expliquait, donnait des détails, offrait des exemples et cela passait de la vie quotidienne au camp, du système des patrouilles, à l'organisation des randonnées ou de veillées jusqu'aux techniques de construction.

BiPi posait lui aussi des questions. Cela l'intéressait visiblement beaucoup de savoir comment fonctionnaient les scouts en Russie, plus particulièrement là où l'aventure avait commencé : Pavlovsk et Tsarskoe Selo.

— Nous avons créé cette année notre deuxième unité, répondit le Russe. Il y a désormais plus de cinquante enfants sous notre étendard.

— Et maintenant, ceux de Saint-Pétersbourg, ajouta Vassili.

Oleg avait alors sorti de sa poche un insigne en métal et l'offrit au général. C'était une fleur de lys. Elle portait une effigie de Saint Georges en train de terrasser le mal et dessous, la devise *Bud Gotov*, celle des scouts.

Ils observèrent à cet instant que Baden-Powell était touché par ce petit geste. Il remercia les deux chefs et les encouragea très chaleureusement. Ensuite, il se tourna vers Oleg et lui proposa de venir en Angleterre afin d'y visiter des unités de scouts expérimentées.

— Oleg, savez-vous que votre Empereur est très impressionné par le scoutisme ? J'espère le rencontrer. Le tsar est soucieux de l'éducation que l'on doit aux enfants pour le bien de nos peuples. Il est désolé que les sociétés de loisirs ne soient pas prêtes à répondre au défi. Pour cela, je vous invite à travailler dur afin de développer des activités scoutes attrayantes et formatrices.

Lorsqu'il prit congé, le capitaine assura son mentor de sa volonté de développer fidèlement le scoutisme en Russie. Il lui proposa de venir à Tsarskoe Selo pour y rencontrer ses scouts.

Hélas, le général avait un emploi du temps chargé. Il ne purent ainsi pas trouver de moment disponible. C'était impossible à réaliser. Le capitaine était déçu.

Cependant, en sortant de l'Hôtel de France, Il eut un instant de vertige et de jubilation. Cet homme avec lequel ils venaient de s'entretenir, était *BiPi* lui-même, son héros ! Un profond sentiment de confiance en lui l'habitait. Si le tsar était convaincu de l'intérêt que représentait le scoutisme en Russie, des moyens de le populariser seraient trouvés sans difficulté.

Deux jours après la première entrevue, le capitaine était revenu se présenter devant l'Hôtel de France. À la réception, le gardien lui suggéré de se rendre au restaurant.

La matinée était assez avancée, cependant, le général était attablé devant un copieux breakfast. Sa physionomie s'éclaira quand il s'aperçut qu'Oleg était à l'entrée de la salle à manger. *Bipi* lui fit un signe amical et lui dit de s'approcher.

— Prenez place, Oleg, et faites-moi le plaisir de partager ce petit-déjeuner avec moi.

Oleg était confus. Le jeune officier remercia l'Anglais pour son invitation, puis il prit place à sa table.

— Dites-moi mon cher ! poursuivit d'emblée *Bipi*. Savez-vous s'il y a des scouts ailleurs en Russie ?

Oleg expliqua qu'on avait essayé quelque chose à Moscou. Cependant, faute d'encadrement bien formé, cela n'avait pas jusqu'à présent pu s'enraciner.

— Croyez-moi, continua-t-il, on a depuis longtemps vérifié que la meilleure option pour attaquer, c'est de commencer par une petite équipe : six ou sept enfants, pas plus. Ils se formeront tranquillement pendant la première année. Par la suite, ils pourront mener d'autres patrouilles.

— C'est exactement ce que nous avons fait sur Pavlovsk, il y a maintenant plus d'un an et demi, lui répondit Oleg. Il faut absolument que vous veniez visiter nos scouts à Tsarskoe Selo ces jours-ci.

Les deux hommes avaient à nouveau consulté leurs agendas. Malheureusement, l'emploi du temps de *BiPi* ne lui permettait toujours pas de se libérer.

De retour à la maison, le capitaine en fit part à Nina. La jeune femme en fut désolée.

Des camarades étaient annoncés chez les Pantukhov. Il en passait souvent, surtout des scouts. Ces derniers venaient plus particulièrement pour y passer des épreuves. Quand les visiteurs eurent appris la nouvelle, ils avaient unanimement déclaré qu'il ne fallait pas en rester là. Pas question de s'avouer vaincus ! C'est ainsi qu'ils envoyèrent une invitation très officielle.

Il y eut une réponse. Elle fut immédiate. Un télégramme informait la compagnie que le général arrivait précisément de Tsarskoe Selo car il y avait été reçu par le tsar. *BiPi* les remerciait pour l'invitation, mais il était désolé car il ne pouvait absolument pas y répondre. Il devait, dès le lendemain, prendre un train pour Moscou.

— Ça, c'est trop rageant ! s'écria Vladimir.

Oleg avait l'air triste. Il était vraiment déçu.

— Ne pourriez-vous pas imaginer d'aller lui faire vos adieux juste avant le départ de son train ? suggéra Nina.

Dès qu'il avait entendu son épouse, Oleg avait retrouvé le sourire. Ils se dépêchèrent alors de constituer la délégation qui se rendrait le lendemain jusqu'à Saint-Pétersbourg et se trouverait à la gare Nicolaïevsky pour accompagner le général à son train.

On y consacra la soirée. Comme il était exclu d'emmener tout le monde, il suffisait tout simplement d'alerter les chefs de patrouille ainsi que les seconds. Il avait été décidé d'y ajouter l'un des garçons ou l'une des filles issus de chacune des patrouilles. En additionnant les délégations des deux unités, celle des filles et celle des garçons, cela ferait plus de 25 personnes à se rendre à la rencontre du grand chef, étendard en tête et fanions au vent.

Dès le matin, bien avant l'ouverture, Oleg avait couru jusque chez l'horloger. Celui-ci lui avait ouvert sa boutique et cisela joliment le couvercle en laiton d'une boussole. Ainsi fut-elle ornée d'une fleur de lys.

Ensuite, il s'était précipité chez le libraire et lui avait acheté, pour offrir, un livre illustré sur Tsarskoe Selo.

On était le 3 janvier de l'année 1911. À la lueur des réverbères, un cortège inhabituel avançait péniblement sur le trottoir encombré de neige glacée de Zagorodny Prospekt. Emmitouflé, Nicolaï avait cependant froid. La nuit était déjà noire et la température atteignait 15° sous zéro. Certains des garçons s'étaient équipés de leurs caftans ouatinés, portant leur chapka de mouton. Cependant, la plus grande partie du groupe avait préféré porter l'uniforme scout. Sous la chemise, ils avaient bien sûr empilé sous-vêtements chauds et gilets de flanelle, et pour se protéger, s'étaient couverts de pèlerines en épais drap.

En tête de la cohorte, Oleg pressait le pas car il y avait trois bons kilomètres à parcourir entre la gare de Tsarskoe Selo et la gare Nicolaïevsky. Il imaginait le grand hall et sa tiédeur où les guides et les scouts allaient pouvoir un peu se réchauffer.

Tout ce petit monde, enfin, fut en vue de la façade aux faux airs de palais vénitien de la gare Nicolaïevsky. L'horloge, au sommet de sa tour, indiquait 9 heures.

Un peu plus tard, au grand étonnement des voyageurs en partance, une haie de guides et de scouts allait se former tout le long du quai, sous la verrière.

Pavel et Nicolaï attendirent ainsi tout en tapant du pied, de la même façon que les autres. Des chants furent un temps lancés par Vladimir et par Oleg. À son grand regret, Nina n'était pas venue car elle était enceinte.

— Regarde ! chuchota tout à coup Pavel à l'oreille de Nicolaï, là-bas, sur le perron.

BiPi venait d'apparaître sous les yeux écarquillés des garçons. Le général avait marqué un temps d'arrêt. Il était visiblement très étonné par présence des enfants. Celui-ci fit alors un salut scout et se dirigea vers Oleg.

— Cet accueil est absolument inattendu, lui fit-il observer tout en lui tendant la main gauche. Je suis profondément touché par cette initiative. Elle est infiniment délicate. En tout cas, je suis vraiment heureux de vous revoir.

— Et moi donc ! avait répondu le jeune homme.

Attendant plus loin, Grigori, Pavel et Nicolaï étaient très impressionnés. Cet homme à la belle moustache rousse et fournie s'approchait de la haie des scouts. Il était coiffé d'un feutre et portait un pardessus doublé. Son allure était dynamique et ses yeux pétillants.

C'est alors qu'il parvint au début de l'alignée des jeunes et les salua l'un après l'autre. Une fois son tour venu, Nicolaï lui serra fièrement la main gauche en faisant le salut scout. Le garçon se tenait très droit. Il aurait voulu prononcer quelque chose. Hélas, il ne savait pas un mot d'anglais. Aucun son, de toute façon, ne sortit de sa bouche. Il était trop impressionné. Son regard était, finalement, suffisamment éloquent pour exprimer la joie qu'il ressentait. Rencontrer le fameux *BiPi* dont Oleg avait si souvent parlé lui semblait extraordinaire.

— *What's a good boy* ! s'était exclamé le général.

Il avait un regard exprimant beaucoup de bonté. Ses yeux se plissaient de malice et les scouts auraient pu le suivre au bout du monde.

Un instant plus tard, il était passé. Tout ébloui, Nicolaï imaginait que la rencontre avait duré des siècles.

Une fois la rangée de saluts terminée, *BiPi* s'était arrêté devant l'étendard, admira l'icône de Saint-Georges qui l'ornait, puis, le retournant, découvrit ce portrait du tsarevitch Alexeï que Nina avait ajouté au revers. Il dit tout son plaisir de voir des visages épanouis tout au long du quai puis, s'adressant à tous, il leur souhaita de faire du bon scoutisme, disant combien il était impressionné par les scouts Russes.

Ensuite, en attendant l'heure du départ, il bavarda quelques minutes avec Oleg, et lui relata l'entrevue que lui avait accordée le tsar.

—Votre Empereur, comme je vous l'avais déjà laissé entendre, est très soucieux de l'éducation des jeunes en Russie. Il est très intéressé par l'expérience offerte par le scoutisme. Savez-vous qu'il a dévoré mon livre, *Scouting for boys* ? Je ne doute pas qu'il vous soit d'un précieux soutien dans l'avenir.

Comme il restait du temps, il lui montra son carnet de croquis sur lequel il avait dessiné, parfois peint à l'aquarelle, une série d'impressions de la vie à

Saint-Pétersbourg : un policier, un cocher, des églises aux dômes étincelants. Oleg lui remit ses présents : la boussole et l'ouvrage illustré sur Tsarskoe Selo.

On agita pour la seconde fois la sonnette, annonçant le départ. En fait, aucun d'entre les scouts n'avait remarqué la première annonce. Dans l'encadrement de la porte du wagon, le *provodnïsty* regardait le général avec insistance et visiblement beaucoup d'inquiétude. C'était l'heure du départ. Baden-Powell avait sauté sur le marchepied, tenant la main montoire en laiton luisant, puis il disparut dans le wagon. On le vit qui progressait dans le couloir. Il s'arrêta, sans doute au niveau de sa cabine, et se tint à la fenêtre en souriant. On entendit le sifflet du chef de gare et le train s'ébranla. *BiPi* fit un dernier salut scout auquel tous les scouts répondirent avec émotion. Quelques instants plus tard, on ne distingua plus que les lanternes rouges accrochées sur le wagon de queue qui s'enfuyaient dans la nuit.

Un homme, à ce moment, s'était approché d'Oleg. Il se présenta. C'était un correspondant du journal *Novoe Vremia* qui se trouvait-là par hasard.

Trois jours après, celui-ci publiait dans son journal un article intitulé : *Le départ de Baden-Powell.*

*

Pavel et Nicolaï ont été profondément marqués par leur face à face avec le grand homme. Au cours des activités du printemps, rien n'avait égalé ce moment, pas même le fait qu'Oleg ait équipé l'unité d'une ancienne ambulance hippomobile. Elle était pourtant bien utile et permettait de transporter le matériel à chaque sortie. Ce fut encore moins le cas de leur participation lors d'une fête des organisation de jeunesse au cours de laquelle ils avaient été distingués par le Tsar après avoir effectué des démonstrations de leurs activités : faire la cuisine au dessus d'un feu de bois, monter la tente, envoyer des message avec des fanions, etc.

Un autre événement avait marqué les garçons. C'était lors d'une sortie qui les avait menés non loin du village où résidait le père Vasil. Ils s'y étaient un jour trouvés dans une situation délicate et la cohésion des garçons s'était avérée déterminante. Tandis qu'ils marchaient à travers champs de manière à regagner la maison du prêtre, Igor avait observé sur leur passage une scène assez effroyable.

— Un homme est dans le ruisseau ! s'écria-t-il.

Il s'en suivit un moment de flottement pendant lequel on avait senti de la panique et de l'angoisse. Un homme inanimé flottait à plat ventre dans le cours d'eau. Ce fut Iouri qui se reprit le premier.

— Venez ! cria-t-il. Il faut le sortir de là.

Igor était comme hébété. Les plus jeunes, en train de trembler, semblaient enracinés dans le sol.

— J'y vais ! lui répondit Pavel.

Tous deux cherchèrent à tirer le pauvre homme hors de l'eau. Il était terriblement pesant. Ses vêtements complètement imbibés pesaient des tonnes et semblaient l'aspirer vers le fond.

Grigori s'était alors décidé. Il les rejoignit pour les aider, bientôt suivi par Andreï et Nicolas. Finalement, Dimitri que suivait Igor arrivèrent et grâce à la participation de tous, ils réussirent à porter le noyé sur la berge.

Il fallut le retourner.

— C'est Foma ! s'écria Nicolaï avec une expression d'horreur.

— Est-il mort ? demanda Pavel.

Igor était en train de se reprendre à côté d'eux.

— Faisons-lui la respiration artificielle ! indiqua-t-il.

Iouri fit remarquer que Foma devait être fin saoul et qu'il était ainsi tombé dans le ruisseau. Grigori dit que c'était dégoûtant, qu'il ne ferait en aucun cas le bouche-à-bouche à cet ivrogne.

— Préfères-tu le laisser mourir ? insinua Iouri.

— Ça ferait un ivrogne et un bolchevique en moins, remarqua méchamment Dimitri.

Igor était en position. Pendant plusieurs minutes, il pratiqua le bouche-à-bouche. Autour de lui, les autres étaient en train de lui donner des conseils. Au bout d'un moment, l'apprenti sauveteur était épuisé. Grigori le remplaça sans hésiter. Son effort insistant fut méritoire et porta des fruits car on vit que Foma bougeait. Il y eut un tressaillement dans sa poitrine. Il toussa puis cracha ce qu'il avait dans les poumons.

— Tu l'as sauvé ! S'écria Nicolaï, admiratif.

L'homme à ce moment revint à lui. Cette histoire allait beaucoup servir aux *Castors*. Ils avaient ce jour-là pris conscience de la nécessité de bien s'entraîner pour assurer les premiers secours.

À ce moment-là, quand il eut repris ses esprits, Foma, penaud, découvrit qu'il devait la vie à ces freluquets qu'il détestait. Celui-ci les remercia mais ce fut plus tard Marfa qui leur fit le plus de compliments car, en vérité, la paysanne était encline à penser que son mari n'était pas si mauvais bougre.

CHAPITRE 7

1913
La cavalière

Sur les bords de la Slavianka, le spectacle est somptueux. Quelques prairies servent d'écrin pour un joyau d'eau pure aux reflets de ciel. Celles-ci sont bordées de grands sapins bleus ou noirs et de bouleaux, mordorés quand vient l'automne. Au creux de ce petit vallon, serpente en folâtrant la rivière et c'est incontestablement l'un des lieux de paix les plus appréciables où flâner pour y rêver.

Pavel aimait ce chemin. Quand il revenait de Tsarskoe Selo, c'était l'endroit qu'il préférait le plus. Un moment, sur la droite, on longeait le château médiéval érigé, sur l'autre rive, au sommet d'une butte. Il avait été bâti par jeu sur ordre de Paul I° dans le courant du XVIII° siècle.

Quel endroit magnifique où nous pourrions faire un grand jeu ! songeait-il, et Pavel imaginait les guerriers d'Alexandre Nevsky gravissant la colline à l'assaut de la forteresse.

Le hennissement d'un cheval était perceptible à son oreille. Il imaginait des cavaliers galopant, l'épée dressée, dans la prairie. Le cheval était au pas. Il s'ébroua. Le garçon sentit son souffle à l'instant, juste derrière.

Au même instant, Pavel eut un doute. Était-il bien en train de rêver ? Le cheval marchait désormais près de lui. Le scout, alors, tourna la tête. À côté de lui se tenait une cavalière et celle-ci, du haut de sa monture, avait fait un sourire.

— *Zdravstvoutié*, lui dit-elle.

— *Zdravstvoutié Sudarynia* (bonjour madame), répondit Pavel.

— Etes-vous donc un scout ? lui demanda-t-elle avec une jolie voix d'alto. Votre uniforme est assez original.

Pavel avait du mal à l'observer car elle était à contre-jour. Il clignait des yeux.

— C'est tout à fait ça, lui répondit-il. Nous avons formé le groupe des scouts de Tsarskoe Selo dans ce parc, il y a quatre ans.

— Cela vous ennuierait-il que nous fassions ensemble un bout de chemin ? continua-t-elle. Il me plairait de savoir ce que vous faites avec les scouts.

— Ce sera volontiers, s'entendit-il lui répondre avec une assurance inattendue.

La personne était une inconnue. Pourtant, quelques aspects de sa physionomie lui semblaient familiers. L'aurait-il déjà rencontrée ? Pavel était assez peu coutumier de lier connaissance avec les gens de passage et pour tout dire, il était un peu timide, en particulier vis-à-vis des filles. Un instant, le garçon distingua mieux la cavalière. Elle était vêtue de façon presque masculine, avait des cheveux longs, portait des culottes de cavalier grises ainsi qu'une sorte de dolman noir à brandebourgs.

Alors, elle sauta de sa monture et vint marcher près de Pavel en tenant son cheval au bout des rênes. Un léger parfum se dégageait d'elle, infiniment délicat. Timidement, Pavel avait tourné les yeux dans sa direction. C'était une jeune fille assez grande et svelte. Ils avaient probablement le même âge. Elle appartenait visiblement de la bonne société. Son père était peut-être un colonel, ou bien un banquier.

Les propos s'étaient très vite orientés vers le scoutisme et la jeune fille apparaissait très enthousiaste en découvrant peu à peu tout ce que pouvaient réaliser les scouts. Cela lui semblait tellement innovant ! D'autre part, on n'y manquait visiblement pas d'action, ce qui n'était pas pour lui déplaire.

En fait, la cavalière avait du caractère et Pavel eut fugitivement l'impression qu'elle avait un côté *garçon manqué*. Cela ne l'empêchait pas d'avoir un charme évident. D'une certaine manière, elle était vraiment gracieuse.

— Asseyons-nous ici, proposa-t-elle à Pavel en désignant un grand chêne.

Il hésita, mais il accepta finalement. Le jeune Olougine avait peur que ses parents s'inquiètent en ne le voyant pas revenir. Il était habituellement ponctuel et cela ne s'était jamais produit.

Pavel avait accepté. Il n'avait pas osé refuser.

— Comment t'appelles-tu ? lui demanda-t-elle.

— Pavel Ivanovitch, avait-il répondu simplement.

La demoiselle était très souriante et semblait parfaitement heureuse, à la vérité, de ce tête-à-tête imprévu. Sans façon, celle-ci se laissa choir en riant dans l'épais tapis de feuilles mortes et fit signe au garçon d'en faire autant. Celui-ci s'installa, les jambes en tailleur, et se permit de lever les yeux sur la jeune fille. Elle avait un très beau regard gris vert et ses yeux semblaient légèrement bridés. Son visage était fin, les pommettes hautes, un menton volontaire. Enfin, celle-ci portait des cheveux châtains, longs, très abondants, qu'elle avait serrés d'un ruban de soie jaune orangée.

— À partir de quel âge est-il possible d'être scout ? interrogea-t-elle encore. En fait, il se trouve que j'ai un petit frère et je crois que cela lui ferait du bien.

Pavel expliqua qu'on pouvait devenir scout à partir de douze ans. Le frère de la jeune fille était encore un peu trop jeune, alors il devrait attendre un peu.

— On peut aussi recruter des filles, ajouta-t-il. Cela vous plairait-il ?

Le scout avait suggéré cette option sans réfléchir. En fait, il imaginait plutôt difficilement la jeune fille en train de courir au milieu des bois. D'ailleurs, elle lui fit comprendre avec un geste évasif qu'elle avait d'autres centres d'intérêt.

Les deux jeunes gens passèrent un bon moment sous leur arbre et ce fut le cheval, en s'ébrouant, qui vint les ramener à la réalité. La cavalière enfourcha de façon distinguée sa monture et fit un geste amical à Pavel avant de piquer des deux.

Le garçon la regarda galoper jusqu'à ce qu'elle ait disparu dans une allée du parc et puis, tout à coup, découvrit que des hommes, à demi cachés par la lisière, étaient en train de les observer de manière insistante. Alors il se retourna, puis reprit le chemin qui menait chez lui. C'est à ce moment-là qu'il s'aperçut qu'il ne savait même pas le nom de la jeune fille.

Le lendemain, dimanche, était jour de fête et Grigori recevait ses amis quai Ekaterininskaia. Il avait désormais 15 ans. Pavel était des invités. Cela faisait seulement deux mois qu'il avait lui-même atteint cette étape. Il y avait d'autres invités, notamment Nicolaï et plusieurs membres de leurs familles ainsi que Nina qu'accompagnait Oleg avec leur petit garçon de 2 ans. Le comte et la comtesse Bolkonsky avaient en outre invité le père Vasil. Ils savaient que les garçons l'aimaient beaucoup. Le brave homme était quelqu'un de très simple, un pauvre prêtre de la campagne, et n'était pas un habitué des salons cossus de Saint-Pétersbourg. Il n'était probablement pas venu depuis longtemps dans la capitale. À table, le père Vasil avait fait honneur aux mets délicieux que le chef avait préparés. Il n'avait bien certainement jamais imaginé de tels plats.

Pour l'après-midi, le comte avait organisé secrètement le prolongement des festivités. C'est ainsi que la compagnie dut se rendre au premier embarcadère, sur le quai, pour prendre place à bord d'un splendide canot à vapeur équipé d'une cheminée de cuivre étincelante. Il y avait de la place à l'avant pour les jeunes et les parents s'installèrent avec le père Vasil en arrière de la machine à vapeur. On parcourut ainsi le canal en passant sous les ponts dont les ferronneries ouvragées dévoilaient souvent de véritables splendeurs. Ainsi, le pont de la banque avec ses quatre lions formait un arc élégant, juste avant que se dévoilent, au-delà du pont de Kazan, les bulbes aux spirales et aux pointes de diamant multicolores, ainsi que les mosaïques éclatantes offertes par la cathédrale de *Notre Seigneur sur le sang versé.*

Les garçons s'en donnaient à cœur joie. Oksana, la jeune sœur de Grigori, les accompagnait. Pavel aurait voulu parler de sa rencontre avec la belle inconnue, mais il n'osait pas. Sans doute avait-il peur des moqueries de ses amis. Même à son ami Nicolaï, il n'en parla pas. D'ailleurs, ce dernier semblait faire l'objet de toutes les attentions de la jeune Oksana Petrovna.

Le canot se dirigea vers l'Ermitage et déboucha dans la Neva. La forteresse Pierre et Paul, avec ses murailles impressionnantes, avec ses redoutes et ses bastions, se trouvait presque en face. Au-dessus se dressait la flèche effilée de la cathédrale des Saints

Pierre et Paul où sont inhumés la plupart des Empereurs de Russie. On défila devant le Palais d'Hiver et l'Amirauté, puis le canot rejoignit le canal de la Moïka pour s'amarrer, deux heures après, devant le Palais Youssoupov. Alors, les passagers ravis se rendirent à pied jusqu'à la maison des Bolkonsky, non loin de là.

À partir du lundi, les trois amis se trouvaient séparés. Nicolaï était scolarisé dans le corps des cadets de Tsarskoe Selo, Grigori fréquentait celui de Saint-Pétersbourg et Pavel allait chaque jour au lyceum. Ils étaient éloignés les uns des autres et cependant pensaient souvent aux mêmes choses. À cette époque, il était question d'épreuves. Il y avait trois plumes d'aigle à conquérir. Il se trouvait que Pavel et Grigori détenaient déjà leur première plume et Nicolaï espérait bientôt l'obtenir à son tour. Il s'agissait de rester tout une journée sans manger. Pour décrocher la deuxième plume, il fallait cette fois garder le silence, et cela pendant vingt-quatre heures. En fait, ils se préoccupaient beaucoup plus de l'obtention de la troisième. Il faudrait, cette fois, rester vingt-quatre heures en solitaire au milieu de la forêt, n'ayant qu'un couteau comme outil, munis d'une gourde d'eau pour se désaltérer. Pour le reste, il ne fallait subvenir à ses besoins que grâce aux produits qu'offrait la nature.

Les garçons se retrouvèrent au local, à Tsarskoe Selo, le samedi suivant comme ils en avaient l'habitude et commencèrent, en ce qui concernait Nicolaï, la première plume et pour les autres, la deuxième.

À la fin de la réunion, la séparation se trouva

réduite à quelques signes et Pavel évita de traîner. Cela limitait les tentations. Le jeune Olougine avait trois verstes à parcourir. Après avoir quitté la ville, il devait longer d'abord le parc. Ensuite, il lui fallait s'engager dans le vallon de la Slavianka pour couper jusqu'à chez lui.

Quand il aperçut la tour du château fort, il se remémora la rencontre avec la cavalière et rêva qu'il la retrouverait au même endroit, son cheval hennissant dans son dos.

Il cheminait ainsi le long de la Slavianka, dépassa le château fort et n'entendit pas le moindre cheval autour de lui. Cela aurait été trop beau ! pensa-t-il.

Continuant sa route, il chercha l'arbre, à la lisière de la forêt, celui qui leur avait servi de repaire. Il le reconnut sans trop de difficulté. Quelqu'un semblait s'y trouver. Non loin de là broutait le cheval. Le cœur de Pavel, alors, battit la chamade.

— Mon Dieu ! C'est elle ! s'écria-t-il à mi-voix.

Alors, il quitta le sentier pour grimper dans la prairie jusqu'au grand chêne. Elle s'était levée, se dirigeant dans sa direction. Leurs pas s'étaient accélérés. Ils s'arrêtèrent brusquement face à face, le souffle un peu court et le sourire aux lèvres.

— Bonjour, Pavel.

Le jeune Olougine était redevenu soudainement timide. Il bégaya son salut.

— Je suis heureuse de te revoir, lui dit-elle. Je savais que je te retrouverais ici, maintenant.

Alors, elle l'entraîna jusqu'à l'arbre. Ils y restèrent un temps silencieux, ne sachant sans doute pas par quoi commencer.

— Je m'appelle Tatiana, lui dit la jeune fille. Tu peux m'appeler Tanya.

Cette fois, comme il faisait moins chaud, la jeune fille était vêtue d'un long manteau de cavalier vert. Ses abondants cheveux noisette étaient retenus par un chignon. Elle portait un bonnet.

Tatiana lui demanda ce qu'il avait fait depuis leur dernière rencontre, alors Pavel énuméra le repas d'anniversaire en l'honneur de Grigori chez les Bolkonsky, la promenade en canot à vapeur au fil des canaux, la semaine au lycée, l'affaire de la seconde plume.

— Si je comprends bien, Pavel, il n'y a plus de seconde plume. Elle s'est envolée par ma faute.

Pavel Olougine avait effectivement rompu le silence et s'en trouva tout penaud. Il fit cependant un sourire à Tatiana. S'il avait raté sa deuxième plume, il ne le regrettait pas car, en échange, il avait la compagnie de la jeune fille.

— Fais-tu du cheval ? lui demanda-t-elle.

— Hélas non, lui répondit Pavel. Cependant, je pourrais peut-être essayer.

— Ce n'est pas nécessaire. J'aime autant qu'on se rencontre ici, tranquillement. Si nous chevauchions, nous ne pourrions pas vraiment nous parler. Aimerais-tu qu'on se revoie ?

Bien sûr, la question ne se posait pas pour Pavel. Il ne savait quasiment rien de cette jeune fille et pourtant sentait qu'ils avaient des points communs. Bien sûr, ils étaient très différents, mais peut-être avaient-ils des caractères assez complémentaires. Pavel était calme, réfléchi, relativement peu expansif. À côté de lui, Tatiana paraissait vive, imaginative, avec un certain esprit d'entreprise. Il était aisé de voir qu'elle avait beaucoup de goût, mais aussi de la créativité. De plus, elle ajouta qu'elle aimait la couture et la broderie sans compter qu'elle se débrouillait très bien au crochet.

— Sans me vanter, souligna-t-elle, je crois avoir un certain talent pour la mode. Si je pouvais, c'est ce que j'aimerais faire.

Elle était aussi douée pour la coiffure et conta comment elle créait volontiers de nouvelles formes. D'ailleurs, c'était elle qui coiffait sa mère.

Quand Pavel lui demanda de lui parler de ses parents, la conversation se trouva détournée du fait de l'arrivée d'un groupe au bas de la prairie.

— Il faut que je me sauve ! déclara-t-elle.

Avant de se mettre à cheval, elle s'approcha de Pavel et lui demanda sur un ton grave s'il voulait bien qu'ils soient amis. Le garçon lui répondit oui sans hésiter.

— À bientôt, Pavlik, lui dit-elle en laissant s'échapper dans l'intonation de sa voix ce qui semblait de l'affection.

Le pauvre Pavel en fut tout remué.

Cette fois, le jeune Olougine eut assez de courage et parla de sa rencontre à ses amis.

— Tu ne sais même pas son nom ? s'étonna Grigori.

— Elle ne me l'a pas dit. Nous avons été dérangés quand on commençait à parler de ses parents.

— Si ça se trouve, on la connaît, poursuivit Grigori. Dès que tu auras suffisamment d'indices, il faudra que j'aille enquêter chez mes parents. Je suis certain qu'ils se connaissent.

Pavel avait revu Tatiana. Chaque fois, le samedi, quand il rentrait de sa réunion scoute, il la retrouvait non loin de la Slavianka. Plusieurs fois, Tatiana ne fut pas au rendez-vous. Pavel était désappointé. Il arriva que ce soit lui qui manque au rendez-vous. Il y avait alors sortie complète et les scouts allaient camper. La jeune fille en avait fait le reproche à Pavel. Il s'en était excusé. Une fois, Tatiana lui dit qu'elle serait absente un certain temps. Le garçon fut contraint de ronger son frein, ce qui avait duré plusieurs semaines.

Vers la fin de l'année, il y eut un jour une

grande effervescence au local. Plusieurs journaux venaient de publier la photo du tsarévitch en uniforme scout. En fait, il n'était pas vraiment incorporé dans la troupe. Il n'avait que huit ans. Cependant, cela laissait à penser que quelque chose était en train de s'annoncer. Le tsar était très favorable à cette idée. C'est ainsi qu'Oleg Ivanovitch avait prévenu qu'on devrait se préparer à recevoir un jour ou l'autre le fils de l'empereur. Il proposa que cela se fasse à l'occasion d'un feu de camp. Tous les scouts étaient très excités. Il fut décider de perfectionner les voix pour les chants tandis que Vladimir alla s'assurer de ses amis musiciens du village. Il y aurait donc un allègre accompagnement de balalaïkas.

CHAPITRE 8
Plaisirs d'été

Le temps des vacances étant venu, *les Castors* occupaient bien plus souvent leur emplacement du local, à Tarskoe Selo. Cependant, comme il faisait très souvent beau temps, ceux-ci se retrouvaient le plus souvent possible à l'extérieur et s'installaient sous les ombrages. Ainsi pouvaient-ils achever les préparatifs en vue du camp. Ils avaient une autre raison, c'était le plaisir de se retrouver. De temps en temps, les garçons se rendaient dans le parc, à Pavlovsk, et poussaient jusqu'à leur abri des premiers temps, dans les fourrés.

Quand il repartait chez lui, Pavel avait conservé ses habitudes. En fait, il s'arrangeait pour ne pas manquer le rendez-vous de la Slavianka, généralement le samedi vers la fin de l'après-midi. Quand il arrivait, la cavalière était le plus souvent déjà sous son arbre et le cheval en profitait pour brouter non loin de là. C'était visiblement chaque fois pour eux le plus grand des plaisirs que de se retrouver, puis les deux amis se racontaient quelques petits potins de la semaine et parfois pouffaient quand ils évoquaient telle ou telle cocasserie. Plusieurs fois, Pavel avait essayé de questionner Tatiana sur sa famille. À chaque fois, celle-ci détournait la conversation, non sans habileté, laissant percevoir une certaine gêne. Alors, Pavel en avait conclu que la jeune fille avait des problèmes avec ses parents. Il avait alors décidé de rester discret. Il n'insisterait plus.

Profitant des beaux jours, ils s'enfonçaient parfois dans le parc, au gré de laies forestières et de sentiers détournés plutôt que par les allées principales. Un jour, il se trouva que Pavel avait apporté sa boussole. Il entraîna son amie dans les fourrés jusqu'à la vieille hutte édifiée par *les Castors*. En voyant leur abri, Tanya fut ravie. C'était un repaire inaccessible et sa tranquillité plaisait à la jeune fille. Il apparaissait que la cabane était assez délabrée, mais cela rendait finalement l'endroit d'autant plus romantique.

Ils s'étaient assis l'un près de l'autre et le garçon percevait le léger parfum de son amie.

— Pavel, lui déclara-t-elle, à partir de maintenant, je fixerai probablement nos rendez-vous car il est envisagé que je parte en voyage, alors je t'informerai chaque fois que je serai là.

Le scout avait, bien sûr, essayé de savoir où Tatiana devait se rendre. Hélas, elle ne lui donna pas de détail. Il sut au moins qu'elle irait passer quelques semaines en Crimée.

— Cependant, poursuivit-elle, on n'en est pas là. J'espère bien que nous pourrons continuer nos petits rendez-vous secrets.

— Tes parents sont-ils au courant que tu viens ici régulièrement pour me retrouver ? lui demanda-t-il.

— J'en ai seulement parlé très récemment à mon père, expliqua-t-elle. Quand je lui ai dit que tu étais scout, il m'a répondu qu'il pouvait te faire confiance.

Quelques semaines, ainsi, s'étaient écoulées, puis la troupe avait alors gagné les lieux de son grand camp. Pour les garçons, cela signifiait *Liberté*. La vie au camp formait une sorte de société réduite à sa plus simple expression. On était si loin des conventions, des contraintes ! On ne pensait plus à l'école, aux obligations. Les garçons vivaient dans leurs patrouilles, y pratiquaient tous les petits travaux de la vie quotidienne en s'y impliquant comme des grands. Il se pouvait que les saucisses aient été trop grillées mais cela leur donnait une saveur incomparable à leurs yeux. Il était, bien évidemment, totalement impossible d'en manger de telles à la maison !

Des aventures extraordinaires, ainsi, pouvaient être vécues. Nombre de rêves inconscients trouvaient, de cette façon, leur réalisation.

Cependant, la liberté des scouts impliquait des règles du jeu. Cela ne signifiait pas *Anarchie*. Chacun devait assumer ses responsabilités. Le fonctionnement des patrouilles et celui de la troupe étaient débattus dans le cadre de *conseils* où tout le monde avait la parole et cela plaisait forcément aux garçons, mais aussi de même aux filles. Ils avaient conscience en ces moments-là qu'on ne les prenait pas pour des enfants, qu'on leur faisait vraiment confiance. Alors, il pouvait se produire, ici ou là, de vrais petits miracles. Tel ou tel enfant dont les parents ne pouvaient absolument rien tirer, se révélait dès lors et dévoilait des trésors cachés de sa personnalité.

Vers la fin du camp, il y eut un très grand remue-ménage autour des tentes. Un matin, les garçons s'étaient levés de très bonne heure. Il fallut ce jour-là se mettre sur son 31.

Quand le temps fut venu, Vladimir inspecta méticuleusement les scouts. Oleg était absent, retenu par son service au sein de la Garde. En effet, c'était un jour assez exceptionnel où l'Empereur allait passer ses troupes en revue. Cela se passerait à Peterhof et la troupe était au nombre des invités, ce qui justifiait le souci qu'avait Vladimir de vérifier que les tenues soient absolument irréprochables.

Il avait fallu se rendre ensuite à la gare voisine et prendre le train, puis marcher jusqu'au Champ de Mars où devait se dérouler la revue.

Les scouts avaient été conduits jusqu'à l'emplacement prévu pour eux. La foule arrivait de toutes parts et, cependant, le groupe des garçons se remarquait de loin grâce aux grands chapeaux caractéristiques qu'ils portaient. L'excitation les habitait. Les chefs de patrouille avaient fort à faire afin d'éviter les débordements. Chez *les Castors*, cela se passait assez bien car les aînés secondaient pour le mieux Pavel. Il avait pris la succession d'Igor au début de cette année-là car ce dernier travaillait dès lors avec son père en tant qu'apprenti tailleur.

Une fanfare interprétait des mélodies martiales et populaires. Il y avait un air de fête et la foule essayait de repérer les différents régiments qui se trouvaient déjà placés vis-à-vis d'elle. On remarquait des unités de cavalerie parées d'uniformes rutilants : des lanciers chamarrés, des hussards aux étonnants bonnets à poils, ainsi que des uhlans puis des dragons, sans oublier les cosaques. Ensuite, on apercevait des régiments d'artillerie dont les attelages avaient été méticuleusement fourbis, puis l'infanterie qui portait tout le barda sur le dos.

Des trompettes annoncèrent alors qu'il allait se passer quelque chose et la foule en retint son souffle. On entendit tout aussitôt la musique entonner le *Boje Tsaria Khrani* que l'assistance, avec un grand recueillement, chanta de façon vibrante. À ce moment précis, le cortège impérial apparaissait déjà de l'autre côté du vaste terrain de manœuvre.

Nicolas II se trouvait en tête. Il était sur un cheval blanc, magnifique ! De part et d'autre de lui, sur des chevaux noirs, on apercevait ses deux filles aînées, revêtues des uniformes d'apparat de régiments dont elles avaient été nommées colonel honoraire.

Des vivats parcouraient l'assistance, ainsi que des commentaires et des exclamations admiratives. Selon les connaisseurs, c'était la grande duchesse Olga Nicolaïevna qui chevauchait à la droite de son père.

— Qu'elle est belle ! entendit-on s'extasier quelqu'un, non loin des scouts.

Grigori qui l'avait déjà vue partageait cet avis qu'il ne manqua pas de magnifier. La fille aînée du tsar était revêtue de sa tenue de colonel des hussards du 2ème régiment Elizavetgradsky. Sous son bonnet à poils orné de l'aigle à deux têtes et d'un plumet rouge, elle avait un visage adorable et très doux. La jeune fille avait dix-huit ans, mais les faisait à peine. Elle portait un dolman anis à brandebourgs avec un baudrier. Chevauchant en amazone, elle portait une jupe longue, couleur groseille, à galon doré sur les côtés.

— C'est vrai qu'elle est très belle ! avait soufflé Vladimir.

Il était béat d'admiration.

Le cortège approchait. De l'autre côté de l'empereur, on apercevait l'autre grande duchesse en train de caracoler. De loin, Pavel aurait juré qu'il s'agissait d'un garçon, mais en s'approchant, celle-ci se révéla parfaitement féminine. Elle était en tenue du 8ème régiment des lanciers Vozenesky, comportant une vareuse bleu de nuit qu'ornait un plastron rouge, et se trouvait coiffée d'un casque de cuir noir, crânement penché sur le côté, que surmontait une sorte de plateau carré paré d'un plumet blanc. Ce casque était orné, lui aussi, d'un aigle à deux têtes.

Plus la jeune fille approchait, plus Pavel, étrangement, se sentait troublé. Elle était aussi jolie, quoique assez différente, en vérité, de sa sœur aînée. Des spectateurs affirmaient qu'elle avait seize ans.

En arrière, il y avait deux cosaques appartenant à la garde rapprochée du tsar et, derrière eux, trois de ses officiers d'ordonnance.

Une fois le cortège à la hauteur des scouts, le souverain tourna la tête dans leur direction. Il semblait très bon. C'est alors qu'il leur fit un signe amical. Ce fut un concert immédiat de vivats. Tout cela se déroula très vite et l'empereur était déjà passé, de même que la grande duchesse Olga. Par contre, un instant masquée par son père, la cadette avait un instant cabré sa monture et, de ce fait, avait pris quelques longueurs de retard. De la même façon que l'empereur, elle se tourna dans la direction des scouts et semblait chercher quelqu'un. Celle-ci fit alors un sourire et, tout en relançant son cheval, ajouta de plus un clin d'œil. Les garçons répondirent avec un enthousiasme indescriptible à ce salut. Pavel apparaissait, quant à lui, plus que jamais bouleversé. Le regard de la *tsarevna* n'avait vraiment rien de comparable.

Le cortège était en train de s'éloigner. Le tsar et sa suite allaient passer les troupes en revue : la cavalerie, l'infanterie, puis l'artillerie pour finir. Ils rejoignirent après cela l'estrade où de nombreux dignitaires étaient déjà placés, puis, au son des fanfares, un défilé commença.

Les scouts étaient très exaltés. Ils agitaient souvent leurs chapeaux quand passaient devant eux les régiments les plus prestigieux. Quand ce fut le tour du 1er bataillon du régiment Strelkovi de la Garde, on fut au bord de l'émeute. Oleg en était, parmi les officiers, revêtu de son uniforme des grands jours : tenue verte à plastron rouge et shako sur la tête.

Pavel était distrait. Ses copains s'étaient aperçus de son trouble et se moquaient gentiment de lui.

— Décidément, lui répéta Grigori, les Grandes

Duchesses ont eu raison de toi ! Elles t'ont tourné la tête.

— Il faut bien reconnaître qu'elles sont superbes, avait surenchéri Nicolaï. Il parait qu'elles sont quasiment inséparables.

— Au point qu'elles se surnomment entre elles *la grande paire*, ajouta Grigori. Leurs deux plus jeunes sœurs, quant à elles ont été baptisées *la petite paire*.

— Oui… Oui… bégaya Pavel.

— En fait, lui fit remarquer Grigori, je n'aurais jamais imaginé que tu puisses être impressionné de la sorte. On dirait que tu viens de voir un fantôme.

On approchait de la fin de la journée. Tout le monde était fourbu, mais les garçons se retrouvaient pratiquement tous avec la tête au milieu des étoiles.

Au retour du camp, Pavel était allé chez le père Vasil afin de lui raconter sa mésaventure. Ainsi, le brave homme avait suggéré tout ce qu'il fallait faire au garçon pour être certain de garder la tête froide. Le père Vasil avait toujours eu des avis de bon sens et les scouts aimaient venir le voir à chaque fois qu'un problème occupait leur esprit. Le prêtre imaginait la solution dans presque tous les cas.

Vers la fin de l'été, le jeune Olougine était un jour allé jusqu'à Tsarskoe Selo pour y voir Oleg et Nina. Sur le chemin du retour, il finit, bien évidemment, par retrouver le vallon de la Slavianka. Avec un énorme soupir, il songea qu'il y avait déjà plus d'un mois qu'il n'avait plus revu Tanya. C'est alors qu'il entendit un cheval au galop dévaler la prairie depuis la lisière et se précipiter vers lui. La cavalière arriva, sautant gaiement de son cheval.

Pavel était totalement figé. Il resta plusieurs instant bouche bée devant-elle.

— Sais-tu que cela fait plusieurs fois que je suis venue t'attendre ici dans l'espoir de te retrouver ?

Le garçon roulait des yeux effarés.

— Que t'arrive-t-il ? demanda-t-elle en voyant son trouble. On dirait que tu viens de voir un fantôme !

Pavel Olougine avait rassemblé son énergie, s'était gratté la gorge et fixa la jeune fille.

— Votre Altesse impériale, lui répondit-il alors en s'inclinant quelque peu, je suis absolument confus des libertés que j'ai prises à votre égard et je vous prie de bien vouloir m'en excuser.

Tout en l'écoutant, Tatiana devint brusquement rouge de colère.

— Ne m'appelle plus jamais ainsi, lui lança-t-elle en cinglant l'air de sa cravache.

Puis, se radoucissant.

— Pour toi, je suis Tanya. Je dois rester Tanya. Pavel, je veux que nous restions amis, de vrais amis, comme si nous étions des gens ordinaires. Il ne doit pas exister de différence de position entre nous.

— Votre... Euh... Excusez... Tatiana, quand j'ai découvert à Peterhof, euh... que vous... que tu est la fille de notre tsar, j'ai cru que tout s'écroulait. Que peut-il advenir de nous désormais ? Est-il vraiment possible que nous soyons tous les deux comme avant ?

— Pavel, il faut que tu saches que je veux rester pour toi comme une fille ordinaire. J'ai eu beaucoup de chance de te connaître en dehors des conventions et des barrières imposées par l'usage de la cour et par ma condition. C'est très rare, pour moi, de rencontrer quelqu'un qui soit aussi naturel que toi et de pouvoir partager avec lui, sans arrière-pensée, de l'affection. De grâce, ne rompons pas la magie de notre amitié.

Tatiana s'était élancée dans une attitude implorante et Pavel eut un instant l'impression qu'elle allait se mettre à genou devant lui. Il en fut ému. Dans sa tenue toute simple, il avait du mal à l'imaginer portant l'uniforme de colonel du 8ème Lanciers Vozenesky. Alors, il lui prit les mains.

— Tu peux compter sur moi.

— Parole de scout ? lui demanda-t-elle en souriant.

Le jeune Olougine lui fit un signe affirmatif. Alors, elle ne put réprimer l'élan qui la conduisait à l'embrasser sur les deux joues.

Pavel, à cet instant, se dit qu'il serait très certainement compliqué d'être, à l'avenir, ami d'une *tsarevna*. Il imagina qu'il lui faudrait, lui aussi, porter sa part du fardeau qui revient au souverain comme à sa famille et, d'une certaine façon, le jeune homme eut pitié de Tatiana.

Alors, la cavalière entraîna le scout en direction de leur arbre favori.

— Ça y est ! lui annonça-t-elle. Alexeï entre à la troupe. Mon petit frère est très impatient de faire connaissance avec d'autres scouts.

— On s'occupera très bien de lui, je peux te l'assurer, répondit Pavel un peu distraitement.

Il venait d'apercevoir, en retrait dans les fourrés, les silhouettes de deux hommes habillés de noir et ceux-ci semblaient les observer. Le garçon se souvint que ce n'était pas la première fois.

Tatiana s'en rendit compte. Elle entreprit de rassurer Pavel.

— Ce sont des policiers qui nous surveillent. Ils le font depuis un certain temps, mais ne t'en inquiète pas. J'ai demandé que tu ne sois pas importuné. Papa s'en est occupé.

La jeune fille aussitôt changea de sujet.

— Nous viendrons pour la prochaine sortie scoute avec mes sœurs. Ce sera très drôle.

C'est ainsi qu'à la fin de l'été, lors de la rentrée des scouts, il se passa des événements très inhabituels. Une automobile était arrivée près du campement. Tous les scouts avaient jeté des regards étonnés vers elle. Un garçon d'environ 10 ans qui portait le costume de marin sortit de l'auto derrière un robuste matelot qui s'occupait de lui.

— Je vous présente Alexeï, notre tsarévitch ! Il vient se familiariser quelques heures avec nos coutumes. J'ose espérer qu'il soit bientôt des nôtres. Nous pouvons lui souhaiter la bienvenue.

Les scouts avaient alors crié par trois fois *Hourra*. Oleg avait ensuite expliqué qu'Alexeï ne devrait pas être traité différemment des autres garçons, pour autant que cela soit possible, et ces derniers l'accueillirent encore avec des vivats.

En son for intérieur, Oleg était heureux de l'arrivée du tsarévitch au sein de l'unité de Tsarskoe Selo. C'était un très grand honneur et cela projetterait sur le scoutisme russe une lumière extraordinaire.

Dans la soirée, quelques invités s'annoncèrent afin de prendre part au feu de camp. Les quatre sœurs d'Alexeï étaient venues, ce qui mit tout le campement sens dessus dessous. Vladimir, il faut l'avouer, ne savait plus à quel saint se vouer. Le pauvre, il n'avait jamais vu d'aussi près les Grandes Duchesses. Heureusement, les quatre sœurs avaient un don quand il s'agissait de mettre leurs interlocuteurs à l'aise, particulièrement Tatiana. Nina Pantukhova faisait aussi partie de cette assemblée. Son fils de trois ans l'accompagnait, ce qui ravit les quatre sœurs. Olga et Maria s'en occupèrent avec plaisir et cela pour un bon moment. Tanya s'était assise à côté de Pavel. Olga la regardait d'un air bizarre.

— Ne t'inquiète pas, dit la jeune fille à Pavel. Elle est sans doute un peu jalouse.

Le chef de patrouille avait compris qu'il s'agissait de lui-même et de Tanya. Sa sœur aînée, sans doute, aurait aimé disposer d'un chevalier servant près d'elle et Pavel eut un léger sourire en pensant qu'il aurait fallu s'arranger pour que Vladimir en ait le rôle.

C'est alors que la veillée commença. Le feu rayonnait sur les visages et les chants, les cris, les éclats de rire allaient se succéder.

— Regarde mon petit frère, regarde comme il rit, souffla Tanya dans l'oreille de Pavel. Il est heureux.

CHAPITRE 9
1914
Les Castors et le tsarévitch

À la rentrée, plusieurs nouveaux s'étaient présentés, puis furent incorporés dans les quatre patrouilles. C'est à cette époque-là que Grigori Bolkonsky dût quitter *les Castors*. Il était d'âge à se voir confier des responsabilités, ce qui avait incité d'ailleurs Oleg à le désigner chef de la patrouille des *Ours*.

Au milieu des nouveaux se trouvait le fils du cuisinier Français des Bolkonsky. C'était un garçon de treize ans qui dévoila rapidement de nombreux talents mais surtout beaucoup de débrouillardise. Il s'appelait Augustin Vatel et parlait plutôt bien le russe. Il intégra *les Castors*.

Après diverses tractations, il fut décidé qu'Alexeï irait rejoindre aussi *les Castors*. Oleg avait confiance en Pavel et, bien qu'il ignora tout de la relation qu'avait son chef de patrouille avec une des sœurs d'Alexeï, il pensait qu'il était le mieux placé pour assurer la mission qui leur était confiée.

Les premières sorties furent absolument paradisiaques. On bénéficiait dans les environs d'une arrière-saison magnifique et très douce. À Pavlovsk, on ne pouvait qu'admirer le parc. Il avait revêtu ses atours les plus fastueux. La profusion de couleurs évoquant l'impressionnisme illuminait les arbres. De grands sapins bleus voisinaient des érables pourpres et les bouleaux d'or. Les scouts y avaient croisé la compagnie des guides et celles-ci se trouvaient coiffées de couronnes de feuilles mortes enfilées. Certaines étaient d'un rouge éclatant, d'autres en avaient d'un jaune d'or et quelques artistes, au milieu desquelles on pouvait remarquer Sophia, la sœur aînée de Nicolaï, avaient soigneusement panaché les tonalités. Cela formait des coiffes évoquant certains contes issus de la mythologie russe.

Augustin se trouva d'emblée très entouré. La curiosité des *Castors* était si forte et tellement passionnée qu'il lui fallut répondre à des salves de questions. Il était le fils d'un cuisinier français. C'était grâce à la Comtesse Bolkonskaya qu'on lui avait fait connaître les scouts. Avec son père, il avait appris quelques recettes de cuisine.

— Voilà notre cuistot ! s'était écrié Dimitri, dans un enthousiasme absolument spontané. Nous l'avons trouvé !

Il était tentant d'en déduire que Dimitri souffrait de petits penchants vers la gourmandise. Il se léchait déjà les babines à la pensée de quelque omelette aux champignons persillée qu'Augustin se vantait de pouvoir essayer sur un feu de bois.

Quand il s'était agi de s'installer pour le bivouac, Augustin ne mégota pas sur sa participation.

La provision de bois s'était trouvée faite en peu de temps. Vatel avait de la méthode. Il montra comment faire aux autres. En premier lieu, le Français collectait le bois mort et le regroupait sur place en plusieurs tas. Quand il estimait disposer d'une quantité suffisante, il confectionnait une sorte de traîneau grâce à deux perches et ficelait ses fagots dessus. Il pouvait ainsi tirer sa récolte en une seule fois jusqu'à l'emplacement du foyer de la patrouille.

Ils en étaient là quand on aperçut le matelot Nagorny qui progressait à travers le taillis tout en portant le jeune Alexeï dans ses bras. Le pauvre garçon souffrait d'une maladie terrible. Il était hémophile et ne devait en aucun cas se blesser car il était quasiment impossible à son sang de se coaguler. La moindre égratignure, le moindre bleu pouvaient devenir hémorragie. Cela risquait d'entraîner des conséquences affreuses. En outre, Alexeï était handicapé d'un bras atrophié. Pavel avait été mis au courant. Il avait bien recommandé aux autres *Castors* d'éviter la moindre brusquerie.

Quand Nagorny eut déposé le jeune Alexeï, les autres garçons l'entourèrent et lui souhaitèrent la bienvenue. Maxim, un autre nouveau, se hâta de lui préparer de quoi s'asseoir à proximité du feu. Nicolaï alla déposer dessus sa couverture.

— Merci, mes amis, leur dit le petit. Cependant, je ne suis pas encore mourant. Je peux certainement faire ces choses moi-même.

Il s'installa cependant sur le siège et contempla le nouveau cuistot qui faisait son omelette, hélas, sans les champignons. Elle ne fut pas si mauvaise, étant donné que certains redemandèrent une part et qu'Alexeï assura qu'il n'en avait jamais mangé d'aussi bonne.

L'après-midi bien remplie fut couronnée par une agréable veillée, particulièrement vibrante, au cours de laquelle on entonna de multiples chants qu'accompagnaient Vladimir à la mandoline et deux balalaïkas. Entre deux chants comme *Kartochka* ou *Kalinka*, puis *Oh moros, moros, nie moroz menia, Oï, pri lujku* pour finir par *Suliko*, ce chant de Georgie qu'Oleg avait enseigné aux scouts, Pavel anima quelques jeux. Par la suite, un conteur avait captivé l'assistance en entraînant son auditoire avec autorité dans une histoire au suspense intenable. Les yeux brillaient. Plus tard, les regards émerveillés fixèrent un temps les braises alors qu'on chantait un chant du soir, invoquant la Mère de Dieu. Le charme se trouva rompu quand Nagorny reprit dans ses bras son petit protégé qui ne pouvait camper sous la tente. Un peu plus tard, on entendit le bruit de moteur d'une automobile en train de s'éloigner sur une allée proche.

Les nouveaux s'endormiraient certainement tout en faisant des rêves extraordinaires et les plus anciens songeaient déjà que le lendemain leur apporterait son lot d'activités alléchantes.

À la fin de la sortie, tandis que les garçons regagnaient Tsarskoe Selo dans la vieille ambulance au trot fringuant du cheval bai, ceux-ci croisèrent en chemin Foma qui marchait sur le bord de la route. À leur passage, il lança quelques imprécations qui se perdirent au vent.

La semaine suivante, alors que Pavel était allé visiter le père Vasil en compagnie de Nicolaï, ils s'étaient arrêtés chez Marfa pour lui proposer leurs services. En les voyant pénétrer dans son jardinet, la paysanne était aussitôt sortie de son isba. Tout sourire, elle vint à leur rencontre. Marfa ne voulait pas d'aide et cependant, devant l'insistance des deux scouts, elle accepta qu'ils fassent un petit travail. Ils lui bêchèrent une bonne partie de ses planches afin d'en retourner la terre avant l'hiver. Quand les deux amis la quittèrent, ils croisèrent deux hommes en train de converser sur le bord de la rue principale et cela les surprit car il s'agissait visiblement de gens de la ville. Ces deux personnes étaient vêtues de noir et les garçons se demandèrent si cela ne concernait pas le village. On ne se trouvait pas si loin de la capitale et Foma se rendait bien chaque jour aux ateliers Putilov, en banlieue.

— Un jour, évoqua Pavel, il pourrait bien y avoir ici d'autres ateliers. Cela donnerait du travail à de nombreux paysans pauvres.

— Et crois-tu que cela rendrait le village heureux ? lui répondit Nicolaï. Imagine-tu le père Vasil et sa petite église au milieu des aciéries ? Je crois qu'il vaudrait mieux créer des serres afin de pouvoir approvisionner les marchés de la ville.

Cela ne faisait pas cinq minutes qu'ils marchaient, qu'apparut Foma sur une bicyclette oscillante et passablement rouillée. Quand il arriva près d'eux, le mari de Marfa mit pied-à-terre. En toute apparence, il n'avait pas bu. Cependant, Foma voulait manifestement narguer les deux scouts et leur décocha quelque slogan retenu d'un tribun lors d'une réunion du parti bolchevik.

— Vous verrez, les gars, prétendit-il à tue-tête. Il arrivera bientôt que le peuple abattra l'autocratie !

Plus loin, les deux inconnus s'étaient retournés. Nicolaï avait marmonné quelque chose.

— En seras-tu plus riche ? avait demandé Pavel, et seras-tu plus heureux ?

— Grâce à la dictature du prolétariat, les ouvriers seront plus forts et le peuple, aussitôt, sera libéré de ses chaînes.

Pendant la sortie scoute, Augustin s'était fait plus d'amis qu'en plusieurs années de séjour en Russie. Pavel avait d'ailleurs eu l'idée d'inviter le garçon chez lui. Apprenant le français, cela lui permettrait de pratiquer cette langue et certainement de progresser plus rapidement.

Quelques semaines auparavant, lors de l'un des rendez-vous de Tatiana, le jeune Olougine avait découvert aussi que la jeune fille apprenait le français. Celle-ci lui avait conté ses leçons dans la salle de classe, au palais de Livadia. Leur livre de lecture était intitulé *Le tour de France par deux enfants*.

— J'ai le même, avait répondu Pavel.

— Tu apprends le français, toi aussi ? lui avait demandé la jeune fille en s'exprimant dans cette langue.

Elle le parlait fort bien, d'une voix particulièrement musicale et cette découverte enchanta le garçon. Il songea que cela le fortifierait dans sa volonté de progresser.

En fin de semaine, alors que Pavel avait traîné quelque peu dans la compagnie de ses amis Nicolaï et Grigori, puisqu'il ne voyait plus Tatiana près de la Slavianka depuis quelque temps, celui-ci rentra chez lui juste au moment du souper. Très vite, il s'aperçut qu'un problème était arrivé. Son père avait la mine fermée, l'air des mauvais jours. Sa mère et ses sœurs plongeaient consciencieusement leurs cuillères dans le bol de *chyi* qu'elles contemplaient, le regard fixe.

— Mon fils, avait entrepris de dire Ivan Olegovitch, il m'a été rapporté que tes fréquentations pouvaient porter préjudice à notre famille. En es-tu conscient ?

Pavel était devenu cramoisi. Quelqu'un devait avoir découvert quelque chose à propos de ses rencontres à la lisière du parc et peut-être avait-on deviné l'identité de la cavalière.

— Papa, Maman, Il me faut vous révéler que je me suis fait une amie. Je suis conscient qu'elle n'est pas de notre condition. Vous m'en voyez désolé.

— Il ne s'agit pas de cela, Pavel ! Tu peux avoir des amies. C'est après tout bien de ton âge. Par contre, il paraît que tu fréquentes des militants bolcheviks et cela risque fort de nous attirer les pires ennuis.

Pavel était devenu tout blanc. Il ne comprenait plus rien. Certes, il avait bien croisé Foma plusieurs fois, mais il ne voyait pas en quoi cela pouvait lui valoir autant d'embarras.

— Tu ne comprends pas, Pavel, appuya son père. Il est venu cet après-midi deux policiers dans mon bureau. Je les soupçonne, à la vérité, d'appartenir à l'*Okhrana*. Ils m'ont posé beaucoup de questions sur toi, mais aussi sur tes fréquentations. Imagine-tu seulement que tu fais désormais partie des familiers du Tsarévitch ? Et tu as été vu plusicurs fois dans la compagnie d'un ouvrier qui ne cache pas ses sympathies pour le parti bolchevik. As-tu idée du scandale ? Ils m'ont aussi parlé de ton amie. J'ignore qui c'est, mais tu ne dois plus la voir.

Pavel était devenu vert. Il paraissait partagé par la panique et par la rage. Tout cela lui semblait à la fois tellement dérisoire et démesuré !

— Papa, pour ce qui est du mari de Marfa, c'est un ivrogne et je n'ai pas de rapport avec lui. Je n'ai fait que répondre à ses âneries l'autre jour. Par contre, est-ce que cela justifie que nous n'allions plus aider Marfa pour la soulager dans son travail ? Au sujet de Tanya, cela fait de toute façon plusieurs semaines qu'on ne s'est plus revu.

— Mon pauvre garçon ! soupira Iekaterina Vassilievna.

Trois jours plus tard, un messager s'était présenté chez les Olougine. Il avait un pli qu'il devait remettre à Pavel en main propre. Le fils Olougine était inquiet. Quel nouveau problème était-il arrivé ?

Lorsqu'il eut décacheté l'enveloppe, il découvrit une écriture élégante en dépliant le papier qui dégageait un léger parfum qu'il reconnut aussitôt. Son cœur avait bondi car il venait de se rendre compte à cet instant que la lettre était de Tatiana Nicolaïevna. Celle-ci lui demandait de venir au palais quand il aurait fini sa réunion scoute. Il devrait se présenter à la grille. Un planton le conduirait jusqu'aux appartements privés.

Tout en lisant le mot de Tanya, Pavel était tiraillé par des impressions diverses. Après l'intervention de la police secrète, il se demandait ce que lui vaudrait cette entrevue si téméraire. On pouvait l'expédier tout au fond de la Sibérie pour une telle impudence. Il ne pensait certes pas un instant que cela vienne des parents de la jeune fille, mais les esprits obtus des fonctionnaires étaient incapables d'apprécier la réalité de la situation. Il se sentait cependant très heureux car il imagina que Tanya pensait à lui. Pavel allait finalement la revoir et pourtant, ce ne serait pas rien pour lui que de se présenter devant la grille du Palais Alexandre. Il s'y rendit le jour dit, portant bien évidemment l'uniforme scout, et se fit connaître au poste de garde ainsi que Tanya le lui avait précisé.

De toute évidence, on avait annoncé sa visite. Le planton qui se trouvait près de la guérite appela son chef et celui-ci sortit du corps de garde. Il s'agissait d'un sergent qui salua le scout et chargea son adjoint de le conduire au palais. Suivant le gradé,

Pavel entra dans le parc où les feuilles mortes encombraient les allées. Passant devant l'aile de gauche à l'extrémité de laquelle on voyait un imposant perron, le caporal indiqua qu'il s'agissait des appartements impériaux. Pavel, aussitôt, jeta un coup d'œil en direction du premier étage. Il crut y voir une silhouette entrouvrant fugitivement des rideaux pour observer le visiteur.

Pavel et le caporal avançaient désormais dans la partie centrale et se dirigeaient vers l'entrée de gauche. Elle était reliée par un élégant péristyle à l'entrée de droite.

Au sommet des marches, le garde abandonna Pavel entre les mains d'un valet de pied qui portait un costume *à la française*. Avec un soupçon d'obséquiosité, celui-ci l'invita à le suivre et s'engagea dans le corridor. Ils entrèrent dans une pièce aménagée comme une bibliothèque et la traversèrent ainsi qu'une autre à peu près semblable. Alors, le valet se dirigea sur la gauche. Il rectifia sa tenue, prit sa respiration, puis s'engagea dans une pièce un peu plus vaste. Elle était déserte. Alors, le valet signifia qu'il fallait patienter, s'inclina cérémonieusement puis se retira.

Pavel attendait-là depuis quelques minutes en parcourant son environnement du regard. À présent, le garçon se trouvait dans une autre bibliothèque, plus vaste que les précédentes. Il remarqua dans les vitrines un certain nombre de livres anciens qui portaient le chiffre de Paul 1er. Son intérêt se fixa rapidement sur une série de superbes modèles de vaisseaux protégés par des habitacles vitrés.

C'est alors qu'un bruit de serrure attira son attention. L'une des portes opposées s'était entrouverte et le resta quelques instants. Pavel eut l'impression que quelqu'un l'observait. La porte alors s'ouvrit largement, laissant place à quelqu'un que Pavel avait aussitôt reconnu. Déçu que ce ne soit pas Tatiana, celui-ci se présenta cependant le plus aimablement possible.

— Votre Altesse impériale… prononça-t-il en s'inclinant respectueusement.

La jeune fille avait l'air assez grave. Elle approcha de Pavel et se tint à deux pas de lui.

— Monsieur, lui dit-elle, il me faut vous dire à présent que ma sœur et moi, nous sommes très unies. J'ose espérer que son amitié pour vous ne l'écarte pas de ses devoirs et de sa famille.

Pavel écoutait cela comme s'il était dans un rêve. Il pouvait plonger ses yeux dans ceux de la tsarevna qui les avait magnifiques et d'un bleu de ciel. Olga, car il s'agissait bien d'elle, avait la voix très douce et son interlocuteur aurait très bien pu s'imaginer qu'il s'agissait d'un ange. Elle était exactement de la même taille que lui, portant une robe de mousseline grège.

Un autre ange était entré dans la pièce et c'était Tatiana. La jeune fille était vêtue de la même façon que sa sœur aînée. Dans ses cheveux, celle-ci portait comme elle un ruban de soie bleu ciel.

— Pavel ! s'écria-t-elle, n'écoute pas Oletchka. Je veux que tu reste toi-même et je veux que vous soyez amis. Asseyons-nous !

Tous trois s'installèrent autour de la table ronde occupant le centre de la pièce. Olga se dérida peu à peu. Pavel, à partir de ce moment, découvrit que ses yeux pouvaient pétiller.

Les trois jeunes gens parlèrent alors des vacances heureuses à Livadia, des pique-niques au bord de la Mer Noire et des expéditions d'escalade au mont Ai-Petri, des photos que les quatre sœurs et leur mère aimaient faire à tout moment, des moments de détente au patio, dans le cœur de Livadia.

Olga s'étira comme un chat.

— Je voudrais tant m'y retrouver ! s'écria-t-elle en fermant les yeux. Je m'y revois dans le grand salon, la porte-fenêtre ouverte sur le balcon, les rideaux voletant gracieusement dans un léger courant d'air. On aperçoit dans l'entre bâillement la Mer Noire. Elle est d'un bleu vaporeux sous l'effet de la chaleur et je sens de tendres caresses, offertes par un doux zéphyr.

Pavel avait aussitôt complimenté la jeune fille et seulement regretté de ne pas pouvoir l'accompagner dans son rêve. Olga n'y était d'ailleurs pas restée. Reprenant brusquement ses esprits, celle-ci s'était levée.

— Je vous laisse ! vous serez plus tranquilles. Soyez sages ! ajouta-t-elle en faisant un clin d'œil.

Pavel aussi s'était levé. La jeune fille alors le salua d'un petit signe amical et sortit gracieusement de la bibliothèque.

— Heureusement que tu ne fais pas autant de cérémonies quand tu te trouves avec moi, fit remarquer Tatiana. C'est ce que j'aime avec toi. Maintenant, donnes-moi de tes nouvelles.

Alors, Pavel avait raconté sa visite à Marfa, l'histoire de Foma, la surveillance de la police autour de lui, la visite de l'Okhrana chez son père ainsi que l'inquiétude exprimée par ce dernier.

— Ne t'inquiètes pas, lui dit-elle avec une intonation quasiment maternelle. Je vais tout expliquer à Papa. Je pense qu'il donnera des ordres afin qu'on ne vous importune plus. Par contre, je veux que tu m'en dises plus à propos de cette femme et de son ouvrier de mari. Je sais trop peu de choses au sujet de la vie des gens très simples et je voudrais avoir un regard à l'extérieur. Toi, tu peux m'offrir ce regard.

C'est alors que Tatiana lui demanda ce qu'il pensait des idées des bolcheviks.

CHAPITRE 10
Au terme de l'insouciance

La neige était en train de tomber dehors à gros flocons. Dans la maison de la famille Olougine, il faisait bon. Le tic-tac incessant d'une horloge évoquait des instants d'éternité, tandis que, dans la salle, un imposant poêle en faïence irradiait la maison d'une agréable chaleur.

Immédiatement, l'envoûtement fut rompu par une sonnerie désagréablement aigrelette et quelqu'un se précipita vers l'entrée, décrocha le combiné du téléphone et répondit à l'appel.

— Pavel ! appela sa mère. C'est pour toi !

— Qui est-ce ? demanda-t-il.

— Tatiana.

Le garçon se précipita vers le téléphone et s'empara du combiné qui brillait de ses extrémités de cuivre encore neuf. Il entendit des grésillements dans l'écouteur, se manifesta, puis entendit Tanya dont la voix semblait provenir du fond d'un puits. Elle s'excusa de ne pas l'avoir re-contacté depuis longtemps, mais lui dit qu'elle avait de plus en plus d'obligations. Elle pensait devoir soulager sa mère autant que possible en la remplaçant dans les réceptions, cérémonies, manifestations diverses auxquelles on l'invitait. La jeune fille expliqua qu'elle voulait lui proposer de venir au parc et qu'ils pourraient sans doute y marcher tranquillement quelque temps. Pavel accepta, puis, après avoir raccroché, prévint sa mère qu'il allait se promener. Il chaussa ses bottes de feutre et revêtit le caftan douillet puis se coiffa de la chapka de mouton qui commençait à devenir un peu trop petite. Alors, il se précipita dehors et se dirigea dans la direction du palais de Paul 1er. Quand il eut passé le petit pont, le scout aperçut l'arbre qui leur servait de refuge. Il était couvert d'une neige abondante et, tout autour, était environné d'étendues immaculées. Pavel était obligé de quitter le sentier qui longeait la rivière. Il avança péniblement dans la neige épaisse et fraîche avant de parvenir enfin sous l'abri sombre de l'arbre en ayant le souffle court. Il s'y reposa puis secoua son caftan pour en chasser les cristaux de neige et s'assit sur un billot pour attendre la cavalière. Elle arriva plus tard et laissa son cheval à l'abri du sous-bois, puis courut comme un cabri, malgré les pans de sa jupe longue.

— Pavel ! Il faut que je te raconte, attaqua-t-elle en arrivant malgré son essoufflement. Ma sœur est amoureuse !

Elle entraîna le garçon par le bras pour aller marcher dans la neige en suivant des pistes. Un ciel sombre et menaçant les couvrait, mais il ne faisait pas froid.

La jeune fille avait besoin de parler. C'est ainsi

qu'elle expliqua qu'Olga s'était amourachée d'un marin dénommé Pavel Voronov, un jeune officier subalterne. Ce jeune homme était membre de l'équipage du *Standart*, le yacht impérial.

— Finalement, rien n'empêcherait que j'épouse un jour quelqu'un que j'aimerais pour lui-même, imagina-t-elle avec une excitation tout à fait inhabituelle.

Elle regardait Pavel et celui-ci devint tout rouge. Il ne savait quoi dire et resta muet.

— Les filles Romanov, épouses d'un marin, d'un marchand, d'un fonctionnaire, c'est une idée qui me plait ! s'exclama-t-elle.

À ses côtés, Pavel écoutait sans rien dire. Il était médusé. Il n'osa pas relever. Lui-même était trop concerné par cette idée, ce coup de tête un peu fou de la *tsarevna*. Tout au moins pensa-t-il que la lubie de Tanya n'avait pas la moindre possibilité de connaître un jour sa réalisation.

Cependant, pour sa part, il sentait bien qu'ils n'étaient pas, lui-même et la jeune fille, indifférents l'un à l'autre, et pourtant, c'était une histoire absolument folle. Il envisageait cela de telle façon qu'il en était terrifié. Par chance, il n'y avait rien qui pressait pour eux.

Le lendemain, Pavel avait décidé d'aller chez les Pantukhov afin d'en parler. Nina lui fit le plus charmant accueil. Oleg était de service à la caserne et n'était toujours pas rentré. En attendant, Pavel avait occupé le petit Oleg Olegovitch en faisant des constructions de cubes en bois.

Nina lui avait demandé ce qui l'amenait. Il lui avoua qu'il fréquentait Tatiana Nicolaïevna Romanova, ce qui figea la jeune femme, instantanément.

— Pavel, que racontes-tu ! lui répondit Nina.

— La vérité ! Je ne voudrais pas me moquer de vous, Nina Mihaïlovna. J'ai rencontré Tatiana par hasard, il y a plus d'un an. J'ignorai qui elle était et nous sommes devenus amis. Depuis, nous nous voyons de temps en temps près de Pavlovsk.

— Mon Dieu ! Le tsar le sait-il ?

— Elle le lui a dit. Son père a répondu qu'il pouvait avoir confiance étant donné qu'il s'agissait d'un scout.

Une porte grinça. Oleg était de retour et celui-ci salua chaleureusement le chef de patrouille. Alors Nina lui conta brièvement ce qui faisait l'objet de la venue de Pavel. Oleg avait froncé les sourcils.

— Mon garçon, je ne suis pas très étonné. Quelques bruits de cette histoire étaient parvenus jusqu'à mes oreilles. En tout cas, te voilà dans une situation bien difficile et j'ai peur que ce soit sans issue.

— J'en ai bien conscience, avait répondu Pavel.

— D'un autre côté, poursuivit l'officier, tu es un ami de l'une des sœurs d'Alexeï. Ce n'est pas mauvais pour lui. Si le père Vasil était là, je suis sûr qu'il expliquerait tout ce que l'on peut devoir à la Providence.

— Cependant, sois prudent, Pavel, avertit Nina. Tu dois faire attention car il se peut qu'on cherche à te manipuler pour obtenir des faveurs.

— Méfie-toi tout autant de la police, ajouta son mari. Votre relation sera découverte à coup sûr un jour ou l'autre. On surveille activement les gens qui rôdent autour de la famille impériale.

Pavel avait expliqué que c'était déjà fait, que l'*Okhrana* le faisait suivre et que Tatiana Nicolaïevna devait en informer son père. Il se sentait un peu soulagé qu'Oleg ait été mis dans le secret. Cela lui permettrait d'en obtenir des conseils en cas de besoin.

Le jeune Olougine avait grand besoin de dérivatifs et c'est ainsi qu'une invitation de Grigori fut la bienvenue. Celui-ci se proposait de réunir quelques amis chez-lui prochainement. Pavel aimait se rendre en ville et se demanda ce qu'ils y feraient car il commençait à faire assez froid.

Le jour dit, il prit le train pour Saint-Pétersbourg et se rendit chez les Bolkonsky. Il y retrouva Nicolaï Oushakov et même Augustin Vatel. Oksana Petrovna, la sœur de Grigori, s'était ajoutée sans crier gare à leur petite assemblée.

— Que diriez-vous d'aller patiner sur la Neva, suggéra Grigori sur un ton guilleret. Nous pourrions aller près de la forteresse Pierre et Paul. On y serait bien, à l'abri du vent.

C'est une excellente idée, reconnu Pavel. On trouvera bien des patins à louer pour quelques kopecks.

Dès le début de l'après-midi, tous quatre accompagnés d'Oksana qui sautillait de plaisir, ils quittèrent la maison Bolkonsky puis s'engagèrent dans la rue Voznesensky, passèrent devant le palais Marinskii non sans déraper plusieurs fois sur des plaques verglacées, traversèrent le pont bleu, sur la Moïka, durent enjamber des congères à la hauteur de la cathédrale Saint Isaac et longèrent l'hôtel Astoria pour se retrouver près de l'Amirauté. Ils arrivèrent alors en vue du Palais d'Hiver. Le petit groupe y découvrit la Neva, prise entièrement dans les glaces et couverte de neige. Elle était balayée par un vent glacial. Ils se rendirent alors à la station du tramway qui traversait le fleuve et n'attendirent pas trop longtemps la navette.

Pour Pavel, il était très excitant de voyager ainsi car il n'avait jamais utilisé ce moyen de transport. Chaque année, dès que l'embâclement le permettait, les ouvriers du tramway bâtissaient sur la glace une véritable voie ferrée. Celle-ci serait démontée vers la fin de l'hiver. En s'éloignant, chacun se tût quelques instants devant la beauté glacée du Palais qui s'étendait tout au long du quai. Quand ils furent arrivés de l'autre côté, Grigori les entraîna jusqu'à l'emplacement réservé pour le patinage. On y versait régulièrement de l'eau qu'on lissait à l'aide de larges spatules en bois.

Des crissements signifièrent aux nouveaux venus que des patineurs occupaient déjà l'étendue glacée. Ce ne fut pas très long pour eux de se joindre à ceux-ci. Des rires et des cris de joie résonnèrent un peu plus tard.

— Oksana ! cria Pavel. N'as-tu pas peur de tomber dans l'eau si la glace est trop fragile ?

— Ne t'inquiète pas, lui lança Grigori tout en décrivant une arabesque, elle ne rêve que de cela… et que Nicolaï arrive afin de la sauver.

— Grigori, je te déteste ! hurla-t-elle en dévoilant qu'elle était furieuse.

Emmitouflé dans un fichu douillet, son joli visage orné par le froid de rouge aux pommettes, à la façon des matriochkas, s'était soudainement violacé de colère. Elle partit bouder de l'autre côté de la patinoire alors que les garçons s'esclaffaient plutôt sottement.

— Va la consoler, Nicolaï. Elle n'attend que ça.

— Tu n'es pas très gentil, Grigori, lui fit remarquer Pavel aigrement. Dommage pour un scout !

Et le garçon se rendit près d'Oksana qui avait les yeux rouges. Quand il l'eut rejointe, elle fondit en larmes et se réfugia contre lui. Pavel entreprit de la consoler, tandis que Nicolaï, assez gêné, les avait rejoints. Pavel, au bout de compte, avait su trouver des paroles apaisantes et tout le monde accepta de faire la paix. Oksana retrouva son joli sourire. Il éclaira de nouveau ses joues rondes en y creusant d'adorables fossettes.

Il fallait rentrer car il ferait bientôt nuit noire et Pavel avait son train. Sur le chemin du retour, Oksana bavarda presque tout le temps avec Nicolaï. Pavel et Grigori discutaient de leurs patrouilles alors qu'Augustin les écoutait avec intérêt. C'est ainsi qu'ils suivirent la rue Gorokhovaïa, quasiment d'un bout à l'autre. Ils en étaient presque à l'extrémité quand une ombre inquiétante émergea de l'obscurité d'un porche au numéro 64. Elle semblait immense. Il s'agissait d'un homme aux longs cheveux raides. Il était bâti comme un bûcheron.

Grigori les avait retenus du bras.

— C'est Raspoutine ! avait-il affirmé.

Marchant à grands pas, celui-ci s'éloigna devant eux. Un sentiment de crainte et de malaise avait instantanément saisi le petit groupe. Oksana s'était serrée près de Pavel et de Nicolaï. Ils suivirent le *staretz* et constatèrent, une fois parvenus tout au bout de la rue, qu'il s'engageait sur la droite, dans Zagorodny prospekt, vers la gare de Tsarskoe Selo qui était aussi leur propre but.

À la lueur des becs de gaz, on distinguait déjà sa façade aux allures de basilique byzantine et la tour d'horloge, érigées vers la fin du siècle précédent.

Les garçons suivis d'Oksana s'engouffrèrent immédiatement dans le hall où Raspoutine était lui-même entré. Tandis qu'il était au guichet pour acheter son billet, Pavel, accompagné de ses amis s'était rendu jusqu'au train puis s'était installé dans un wagon vide. Le convoi s'apprêtait à partir et c'est à ce moment qu'arriva le *staretz*. Il entra dans la même voiture. Pavel avait esquissé par la fenêtre un petit signe de la main, comme un adieu, pour ses amis. Ils avaient tous un visage empreint de commisération.

Le train s'engouffra dans la nuit. La lueur tremblotante d'une ampoule était suffisante pour apercevoir la silhouette massive de cet homme à la réputation sulfureuse. Raspoutine était un inquiétant personnage. On disait depuis plusieurs années qu'il était la coqueluche de tant de dames de la cour et plus particulièrement de l'impératrice. Il faudrait faire le voyage en sa compagnie. C'est à Tsarskoe Selo qu'il descendit. Pavel allait descendre à la station suivante : Pavlovsk.

Ce voyage avait marqué pour un certain temps Pavel Olougine. Il s'était promis de s'en ouvrir à Tatiana quand l'occasion s'en présenterait. Cela ne s'était pas produit de tout le cours de l'hiver, et puis, l'attention s'était polarisée sur un événement tout à fait remarquable et cela devait mettre en effervescence un bon moment la plupart des scouts aux alentours. Un congrès fut organisé pour officialiser leur organisation. Presque tous les chefs et les responsables en étaient. De nombreux aînés, des chefs de patrouille, assistèrent à cet événement. C'est à cette occasion que les statuts légaux des scouts russes ont été déposés. Le vice-amiral Bostrem y fut nommé président de l'ensemble. Oleg, au même moment, fut décoré de l'ordre de Saint Georges.

À cette occasion, Pavel apprit dans les couloirs

que Nagorny venait d'être remplacé par un autre matelot, un dénommé Deverenko. Il se dit qu'Alexeï allait perdre en quelque sorte un ami, qu'il lui faudrait accepter ce changement. Quelle en était la raison ? Il n'en savait rien. Par contre, il pensait souvent à ce Raspoutine à propos duquel il entendait parfois ses ragots terribles. On prétendait que, non content d'avoir ensorcelé l'impératrice et sa favorite Anna Vyroubova, il approcherait les enfants impériaux de la façon la plus indécente.

Le garçon se demanda jusqu'à quel point les grandes duchesses étaient tombées sous son influence. Un temps, Pavel eut le sentiment qu'il n'y avait pas de raison de s'inquiéter, Tatiana lui ayant raconté comment le *staretz* avait plusieurs fois guéri son petit frère en exerçant les pouvoirs de son magnétisme.

— Il lui fait du bien, certifia-t-elle, et nous lui en sommes infiniment reconnaissants. Nous considérons qu'il est notre ami.

— Sais-tu ce qu'on dit de cet homme en ville ?

Elle était au courant des rumeurs et pensait qu'il s'agissait de ragots. Cependant, Tatiana reconnaissait qu'il était assez excessif en bien des choses. On le disait fêtard et grand buveur. Une autre question se posait à Pavel : était-il imaginable que Raspoutine ait un comportement excessivement familier vis-à-vis de la famille impériale et plus particulièrement des enfants ?

La jeune fille assura qu'il ne se comportait pas

de manière anormale et cela sembla suffire au jeune homme.

L'année 1914 allait probablement compter parmi les plus fastes en ce qui concernait le scoutisme à Tsarskoe Selo, mais aussi probablement dans les autres villes où celui-ci s'était implanté. Oleg et Nina le pressentaient car ils observaient que leurs deux unités s'étaient épanouies. Les activités des scouts et des guides étaient entrées dans une sorte de rythme de croisière et, l'expérience aidant, tout ce petit univers en bénéficiait largement.

On approchait de la saison des camps. Tout le monde était dans les préparatifs et c'est à ce moment-là que les gazettes annoncèrent un événement dramatique à bien des égards : l'assassinat le 28 juin de l'Archiduc François-Ferdinand d'Autriche à Sarajevo.

Tatiana ne connaissait pas ce jeune homme et, cependant, Pavel avait senti qu'elle était ébranlée par un fait si tragique. Il s'en était si souvent produit de tels au cours des siècles précédents chez les Romanov !

— Pavel, lui dit-elle après avoir repris sa respiration, il faut que je te dise aussi qu'il y a trois ans, j'ai moi-même été le témoin d'un autre épouvantable attentat. C'est arrivé juste avant la représentation, à l'opéra de Kiev. Il m'arrive encore assez souvent de tout revoir au milieu de mes cauchemars.

Son interlocuteur avait compris qu'elle évoquait

l'assassinat de Piotr Stolypine, le premier ministre d'alors, perpétré sous les yeux de la famille impériale alors que Tatiana n'avait que 14 ans. La jeune fille et sa sœur Olga s'en étaient trouvées traumatisées.

Lors du camp d'été, la nouvelle était parvenue que monsieur Raymond Poincaré, président de la République Française, effectuait du 6 ou 10 juillet une visite officielle à Saint-Pétersbourg et s'y trouvait reçu par le tsar. Les garçons s'étaient rendu compte alors que les chefs étaient assez tendus. Les visages étaient soucieux. Il fut malheureusement vérifié que cette inquiétude était tout à fait justifiée. Le 19 juillet, la nouvelle avait circulé comme une traînée de poudre : l'empereur Nicolas II venait de l'annoncer. L'Allemagne avait déclaré la guerre à la Russie.

Du coup, le camp s'acheva presque aussitôt. Le désarroi se lisait partout dans les regards.

Après que l'empereur eut annoncé, du haut d'un balcon du Palais d'Hiver, que l'Allemagne avait déclaré la guerre à la Russie, ce fut une étrange et très pesante atmosphère au long des rues de Saint-Pétersbourg. Il était évident, quelque soit leur situation, que les habitants n'avaient pas le cœur en fête. On ressentait plutôt de l'angoisse en imaginant les temps à venir. Un certain fatalisme, aussi, semblait se développer dans la cité. Cela faisait malheureusement partie de l'état d'esprit des slaves.

Un dernier spectacle de ballet, prévu de longue date, avait été cependant maintenu. Il s'agissait d'une représentation de *La fontaine de Bakhchisaraï* au théâtre Mariinsky. Les parents de Grigori Bolkonsky lui avaient offert d'y inviter ses compagnons. Nicolaï et Pavel avaient ainsi retrouvé leur ami qu'accompagnait sa sœur Oksana. Ils étaient installés non loin de la loge impériale, au second balcon, de sorte qu'ils y pouvaient plonger facilement le regard.

À l'instant même où la porte du fond de la loge en question s'ouvrit, tous les yeux convergèrent interrogativement dans sa direction. Comme on pouvait s'en douter, le tsar et l'impératrice étaient absents, compte tenu des circonstances, et c'étaient les quatre grandes duchesses qui les représentaient. Quand elles furent au balcon, l'orchestre entonna le *Boje Tsaria Khrani* que l'assistance, aussitôt, reprit en chœur en y mettant des intonations vibrantes alors que des yeux s'embuaient de larmes. On ressentait beaucoup d'émotion.

Pavel avait le regard intensément fixé sur Tatiana. Les quatre sœurs étaient vêtues de manière identique. Elles portaient de longues robes en mousseline blanche ornées de galons brodés pourpres et se trouvaient couronnées chacune avec un anneau d'or en forme de diadème. Il observa que Tatiana, pendant l'hymne, était en train de parcourir un peu distraitement l'assistance et son regard, au bout d'un moment, s'accrocha sur lui. La jeune fille esquissa dès lors un très léger sourire et tourna désormais souvent, mais très fugitivement, les yeux dans sa direction.

Le spectacle alors commença. L'orchestre avait attaqué le prélude et le rideau s'ouvrit sur un décor époustouflant représentant un palais qu'environnait la forêt de toutes parts.

Pavel était attiré par la féerie du spectacle et pourtant se tournait sans cesse en direction de Tatiana.

— Tu vas te faire remarquer, finit par lui chuchoter Grigori.

Les danseurs achevèrent de quitter la scène et le décor aux tonalités automnales, en quelques instants, se couvrit mystérieusement de blanc, puis une ronde enfantine occupa le plateau tout en livrant bataille à coups de boules-de-neige.

Nicolaï et Oksana se commentaient mutuellement ce qu'ils voyaient en murmurant dans l'oreille l'un de l'autre.

À l'entracte, un valet vint chercher Pavel et ses amis puis les entraîna derrière lui. On les conduisit vers un salon dans lequel étaient rassemblés quelques invités de marque et Tatiana vint au-devant du petit groupe.

— Pavel, lui dit-elle avec un air grave, je suis contente de te voir ici. Nos régiments se groupent aux frontières et je crains que, bientôt, nous n'ayons plus beaucoup d'occasions de vous retrouver dans des conditions plaisantes.

Il essaya de la rassurer, mais savait bien qu'elle avait raison. Grigori qui se trouvait près d'eux le coupa.

— Nous sommes prêts à sacrifier nos vies pour le salut de la Sainte Russie, déclara-t-il, un rien bravache.

— Conservez-les pour l'amour de moi, répondit-elle avec émotion. Vos vies sont plus précieuses à notre Pays que votre mort.

Un son grêle interrompit la conversation. La sonnette électrique annonçait que l'entracte allait s'achever. Chacun devait regagner sa place.

— À bientôt, Pavel ! assura Tatiana, juste après

qu'elle eut salué les cinq amis, puis elle alla rejoindre Olga, Maria et Anastasia qui prenaient congé des autres invités.

Après la féerie du spectacle, il fallut faire un grand bond dans les réalités du temps, car au cours des jours qui suivirent, on apprit qu'il avait été décidé de changer le nom de la ville et de lui donner celui de Petrograd afin que cela sonnât plus russe. Il faudrait faire aussi ses adieux avec Oleg, étant donné que son bataillon se préparait à partir en direction du front.

La vie cependant continuait pour les scouts et ceux-ci comblaient leur désœuvrement des vacances en s'occupant comme ils le pouvaient. Pavel avait, quant à lui, choisi de relire un livre imposant. C'était *Guerre et paix* de Lev Tolstoï.

Dans les jours précédant le départ d'Oleg en direction du front, tous les garçons s'étaient effectivement donné rendez-vous pour lui dire adieu. Ils s'étaient retrouvés dans le local, à l'école, en compagnie de guides et des parents. L'émotion fut grande. Un prêtre avait bénit le chef, ainsi que Vladimir et quelques anciens de la troupe. Ils étaient aussi mobilisés. Parmi ceux-ci se trouvait Igor, l'ancien CP des *Castors* et les plus jeunes auraient voulu les suivre afin de défendre avec eux la Mère Patrie.

— Nous partons servir sur le front, leur rappela l'officier, promu récemment *Polkovnik*. En ce qui vous concerne, il faut que vous notiez que votre devoir est à présent de servir nos concitoyens à l'arrière. La

Sainte Russie compte aussi sur vous, car il sera nécessaire en tout lieux de relever ceux qui sont partis la défendre.

Des vivats lui firent écho.

— Souvenez-vous, continua-t-il, de votre devise *Bud Gotov* ! Soyez-donc prêts pour intervenir à chaque fois que l'on aura besoin de vous. Ne perdez jamais courage et que le Seigneur nous garde tous à jamais.

Nina le regardait, non sans émotion, mais la jeune femme à son habitude était enjouée. Pavel admira son courage. Il en fallait beaucoup. Sans doute aurait-elle un jour ou l'autre besoin d'eux, se dit-il. En tout état de cause, elle pourrait compter sur *les Castors* ! Il se promit d'y veiller. Quand il fit part à Nicolaï de ses sentiments, son ami ne fit que l'encourager dans ce sens.

— Nous pourrions aller la visiter tous les dimanches, imagina-t-il.

— On en parlera quand nous tiendrons conseil !

Il fallut bien se faire à l'idée que la troupe allait désormais fonctionner sans son fondateur. Un successeur était trouvé. Celui-ci se nommait V. A. Volkovitch. Les garçons se demandèrent aussitôt s'il serait un aussi bon chef qu'Oleg Ivanovitch. Au moment d'entamer les activités pour une nouvelle année, celui-ci fit savoir aux scouts, avant la sortie, qu'ils avaient été conviés par l'empereur à planter leurs tentes au cœur du parc du Palais d'Alexandre. Il était évident que cela faciliterait la participation d'Alexeï aux activités.

Quand le temps fut venu, les garçons montèrent les tentes et construisirent aussi quelques installations : bancs de rondins et trépieds pour accrocher la marmite au-dessus du feu.

Maxim aperçut le premier le prince héritier qui les rejoignait. Il était accompagné comme à chaque fois par son ange gardien, le matelot Derevenko.

— Bonjour, mes amis, leur avait-il lancé, tout heureux de les retrouver.

Avec eux, le tsarevitch avait fait la provision de bois mort. Il était gai, se donnait de son mieux dans sa tâche et Nicolaï avait fini par remarquer qu'il appréciait tout particulièrement la compagnie d'Augustin. Derevenko ne les quittait pas d'une semelle et cela finit par agacer Pavel et Nicolaï. Ils ne pouvaient cependant pas l'en empêcher. Pour le repas, le cuistot fricassa des *kotleti*, secondé par son impérial marmiton.

Le repas fut très joyeux. La nuit tombait. Quand le temps fut venu, le feu de camp s'éleva. Sortant de la profondeur des halliers, Pavel aperçut des silhouettes claires en train de les rejoindre. Il se retrouva bientôt face à Olga Nicolaïevna qui le gratifia de son sourire attendrissant, puis ce fut le tour de Maria, jolie comme un cœur, et de Tatiana qui lui fit un clin d'œil. Anastasia trottinait en arrière. Elles étaient venues, chargées de leurs balalaïkas, ce qui ne manqua pas d'émoustiller Pavel. Il pensa que cela ferait sans doute un concert inoubliable.

Il ne fut pas déçu. Les quatre sœurs interprétèrent une série d'airs entraînants qui soulevèrent aussitôt l'enthousiasme des scouts. Elles avaient des voix ravissantes et connaissaient le plus souvent des chansons à plusieurs voix.

Nicolaï avait pris conscience à ce moment-là qu'il manquait quelque chose. Il comprit presque aussitôt qu'il s'agissait de la mandoline et soudainement, le garçon se remémora Vladimir. Où se trouvait-il à présent ? Un profond soupir attira l'attention de Pavel.

— Vivement que soit finie la guerre ! lui dit-il, et que nous soyons tous à nouveau réunis.

Les garçons réclamèrent un moment donné la chanson des pommes de terre. Ils scandaient *Kartochka* ! *Kartochka* ! tout en battant des mains la mesure. Alexeï avait alors pris la balalaïka d'Olga. Il attaqua la mélodie de ce chant sous les acclamations des autres scouts et ces derniers commencèrent allègrement la chanson :

Chantons, garçons, la vie de notre camp.
On s'y chauffait sous le soleil comme des chatons.
Notre pauvre estomac criait toujours de faim
Et nous comptions les minutes jusqu'au repas.

Les couplets défilèrent et ce fut un tonnerre au dernier.

Bien que les scouts connaissent parfaitement les notes,
Mon Dieu ! pourquoi hurlent-t-ils,
comme les hippopotames du Nil ?

Le fou rire avait pris les quatre filles, à commencer par Olga. Des larmes coulaient sur ses joues. Cela se propagea jusqu'à toucher l'ensemble de l'assistance.

Alexeï, stoïque, acheva la mélodie. C'était un assez bon interprète et, de ce fait, il fut chaleureusement applaudi.

Le calme, après bien des efforts, occupa de nouveau la clairière où brillait le feu. Des ombres mouvantes animaient les fûts des grands arbres et Tatiana pinçait à nouveau les cordes de sa balalaïka. Elle déchiffrait la partition que Grigori venait d'apporter. C'était un chant composé fraîchement par Nicolaï Adouïev, un scout de Petrograd, un hymne des scouts Russes intitulé *Bud Gotov*.

On décida de l'apprendre. Il s'agissait d'un très beau poème exprimant parfaitement ce que l'on ressentait.

Sois-prêt, éclaireur, acteur honnête.
La route est difficile devant toi.
Regarde avec courage et dans les yeux l'inconnu.
Endurcis ton corps, tes pensées et ton âme.

Dans ce monde empli de malheurs et de souffrance,
Le temps d'agir est arrivé.
N'oublie pas de faire ton devoir.
Sois le gardien de la Vérité et de l'Amour.

Les lâches entendent les pleurs de leurs frères.

Ils ne font pourtant pas d'effort.
Ne t'effraie pas face à la tâche et au danger.
Sache que tu es jeune et que tu es fort.

Pars au secours des malades et des infortunés.
Viens au secours des mourants qui t'appellent.
Reconstruit la Russie, fais-là encore plus belle.
Sois-prêt, Eclaireur. Sois toujours prêt !

Pavel avait vu que les yeux d'Olga brillaient. Il vit même une larme en train de couler sur la joue de Maria. Cet hymne était émouvant. Tout le monde en fut impressionné. Tatiana, cependant, resta les yeux secs et la mâchoire un peu serrée quand elle eut pincé les derniers accords. Presque aussitôt, la jeune fille avait quitté sa place afin de venir auprès de Pavel.

— J'aimerais te parler quand la veillée sera finie, lui dit-elle.

Après une prière ultime et fervente en fixant les rougeoiements des braises, il fallut se séparer. Les scouts allèrent se coucher sous leurs tentes et les grandes duchesses accompagnèrent Alexeï en direction du palais, suivis par Derevenko. Tatiana les avait prévenues qu'elle les rejoindrait. Sans perdre de temps, la jeune fille avait pris la main de Pavel et l'avait entraîné dans une allée.

— J'ai besoin de te demander ton avis, lui dit-elle.

Les yeux du CP des *Castors* étaient interrogatifs.

Il lui demanda pourquoi.

— Que ferais-tu ? questionna-t-elle. Il arrive en ce moment des trains entiers de blessés dans les gares de Petrograd. Nous ne pouvons pas rester sans rien faire.

— Peut-être pourrions-nous aider à transporter les blessés dans les hôpitaux, répondit Pavel. Avec les scouts de Petrograd, on doit bien être un peu plus d'une centaine.

Il vit bien, grâce aux derniers reflets du feu, que cela ne satisfaisait pas vraiment Tatiana. Elle avait les sourcils froncés, réfléchissant intensément.

— J'ai l'intention d'en parler à mes parents, décida-t-elle avec un peu de brusquerie. Nous devrions nous mettre au service des blessés.

— Si tu n'étais pas *tsarevna*, je te verrais bien porter la tenue d'infirmière.

— Pavel ! s'écria-t-elle en s'élançant vers lui pour se pendre à son cou, tu es merveilleux !

Au dernier instant, Tatiana s'était arrêtée dans son geste en se souvenant peut-être de sa condition.

— C'est exactement cela qu'il me faut faire, expliqua-t-elle. Je vais en parler à maman. Il faut absolument que je suive un cours d'infirmière.

C'est précisément ce qu'elle entreprit. L'impératrice elle-même ainsi qu'Olga l'accompagnèrent et toutes les trois suivirent une formation. Dans le même temps, Tatiana convainquit son père afin de convertir en lazaret le Palais d'Hiver à Petrograd. C'est là que *les Castors* allaient jouer les brancardiers, mais était-ce bien un jeu ?

Des ambulances arrivaient sur la place du Palais. Les garçons, revêtus par-dessus leurs uniformes de blouses blanches un peu trop longues, étaient en train d'en extirper des civières et de transporter les blessés de guerre à travers le hall d'entrée. Ils devaient gravir ensuite un grandiose escalier d'honneur, l'escalier des ambassadeurs, aux larges marches et balustres de marbre blanc. Tout en haut, des colonnes en marbre gris qu'ornaient des socles et chapiteaux d'or accueillaient les visiteurs. Ensuite, il fallait se rendre en direction de la salle du trône, appelée Salle Saint-Georges, où six rangées d'environ vingt lits blancs chacune, étaient alignées. L'un après l'autre, ils accueillaient un nouveau blessé que des infirmières installaient de leur mieux.

Pavel et Maxim avaient accompli leur tâche. Ils soufflèrent un instant, puis il fallut retraverser la salle imposante, où les sons résonnaient légèrement, pour aller prendre en charge un nouveau blessé. Une infirmière arrivait dans l'allée, portant un *haricot* qui contenait divers flacons, de la gaze ainsi qu'une seringue. Pavel allait lui laisser le passage en se retranchant entre deux lits quand celle-ci l'appela par son prénom. Elle portait, la tenue des infirmières de la Croix-Rouge : une jupe longue avec un tablier blanc. Sous sa vaste guimpe immaculée qui ne laissait apparent que son visage, il reconnut les yeux gris effilés, les pommettes assez saillantes et le fin minois de Tatiana. Une chaleur immense envahit sa poitrine.

CHAPITRE 12
1915
Les bonnes actions

Sur le front, le soldat russe était en train de découvrir avec effroi l'abomination de la guerre et des armes modernes. On voyait convoyer les blessés par centaines, évacués depuis les champs de bataille, en Courlande, en Prusse orientale ainsi qu'en Silésie, de la même façon qu'en Galicie. Cela remplissait désormais les hôpitaux de la capitale.

Un autre lazaret venait d'être installé dans le Grand Palais de Tsarskoe Selo qu'on appelait aussi le Palais de Catherine. De temps en temps, *les Castors* y rendaient de menus services à chaque fois que leur tour était venu de le faire.

Pour le reste du temps, les garçons continuaient à se rendre à l'école, les uns dans les locaux du corps des cadets, les autres au *gymnasium* ou bien au lycée. Quand la semaine était finie, ceux-ci se réunissaient par patrouilles et fabriquaient divers objets, permettant de subvenir aux besoins des gens démunis. Ils confectionnaient surtout des colis pour les soldats. Par ailleurs, il y avait aussi ces cartes postales illustrées qui représentaient des scouts en action. En les vendant, cela permettait de récolter des sommes évidemment modestes et pourtant fort peu négligeables.

Au Palais d'Hiver, il ne fallait pas chômer. Tatiana, comme Olga, travaillait sans relâche. Il arrivait qu'elles aillent aider leur mère en salle d'opération pour assister le chirurgien, ce qui leur imposait, trop souvent, la vision de scènes horribles. Il y avait ainsi de très jeunes hommes, atteints par la gangrène et qu'il fallait amputer. D'autres mourraient quasiment dans leurs bras. Ils étaient à peine plus vieux qu'elles-mêmes. L'exemple de leur mère était pour elles absolument saisissant. L'Impératrice estimait chacun de ces pauvres garçons comme s'il était son propre fils.

Les deux jeunes filles étaient épuisées le soir, une fois le service achevé, quand c'était leur tour de garde. Il était arrivé plusieurs fois que Pavel Olougine aperçoive Olga, parfois Tatiana, lorsqu'il venait pour effectuer du brancardage. Il leur avait trouvé les traits tirés, le regard triste. Il n'osait pas les déranger. Cela faisait d'ailleurs un bon moment qu'ils ne s'étaient pas retrouvés.

Un dimanche, alors que Pavel était de passage au lazaret pour apporter quelques douceurs aux invalides, en compagnie de Grigori, ceux-ci croisèrent incidemment Tatiana qui leur parut transfigurée. Plus tard, après avoir achevé la distribution, les deux amis se dirigeaient vers la sortie de la salle. Ils aperçurent alors une infirmière au chevet d'un jeune homme aux cheveux noirs. Ceux-ci bavardaient à mi-voix, les yeux dans les yeux. Pavel avait reconnu Tatiana. Celle-ci ne les avait pas remarqués.

Chaque fois qu'il était de retour au lazaret, Pavel Olougine inspectait la place où se trouvait alité le soldat. Tatiana ne s'y trouvait pas. Cependant, la sensation d'une morsure occupait sa poitrine. Il y avait sans aucun doute un peu de jalousie dans tout cela, bien qu'il s'en défendît. Passant à l'occasion dans cette allée, le garçon nota sur la fiche de température accrochée sur le pied du lit qu'il s'agissait d'un dénommé Dimitri Iacovlevitch Malama. Le jeune homme était officier de lanciers dans la garde impériale.

Courant décembre, il avait disparu.

Régulièrement, *les Castors* aimaient se retrouver chez Nina. Ils en profitaient pour y passer des épreuves et faisaient jouer les deux petits. Ils espéraient qu'Oleg aurait envoyé de ses nouvelles et rien ne venait depuis qu'il avait écrit pour annoncer son arrivée près du front. De temps en temps, la patrouille allait au Palais d'Alexandre afin de s'y réunir en compagnie d'Alexeï. Un jour, ils le retrouvèrent en compagnie d'un amusant petit chien, un bull-dog français que Maxim avait assez rapidement comparé à une chauve-souris. Vers la fin de la réunion, Tatiana fit une apparition, s'excusa de déranger, spécifia qu'elle était en train de chercher son chien.

Quand elle l'eut pris dans ses bras, la jeune fille alla vers Pavel et bavarda quelques instants.

— C'est Ortino, lui expliqua-t-elle en

présentant l'animal. Il m'a été offert en remerciement par un jeune officier blessé que j'ai soigné, un garçon charmant.

Pavel eut un sourire un peu contraint. Peut-être aurait-il aimé, lui aussi, faire un cadeau semblable à Tatiana. Il demanda si cet homme était guéri.

— Dimitri va beaucoup mieux. Il s'en est retourné vers le front, lui répondit-elle un peu pensivement.

Puis, sans rien dire, après avoir laissé sauter l'animal en direction des autres scouts, elle prit la main de Pavel et resta quelques instants face à lui.

— J'ai les meilleurs amis du monde ! affirma-t-elle en le regardant droit dans les yeux.

*

De temps en temps, des moments de distraction permettaient aux blessés de se changer les idées. Le cinématographe était installé quelquefois dans une salle au lazaret du Grand Palais. Les soldats pouvaient suivre ainsi quelques actualités, mais ce qu'ils aimaient le plus, c'était de petits films où des comiques évoquaient des moments de la vie quotidienne au front de manière irrévérencieuse. On avait ainsi découvert un jeune acteur étranger nommé Charlie Chaplin. Un sergent s'évertuait à lui montrer comment faire un demi-tour à droite et cela donnait lieu, dans la salle, à de francs éclats de rire.

Plusieurs fois, les scouts avaient présenté des petits spectacles de théâtre. On jouerait ce jour-là de la musique.

Au-dehors, il faisait froid. La neige était abondamment tombée durant la nuit, ce qui avait rendu l'accès du Palais difficile à Pavel. Cette neige étant fraîche, on y enfonçait aisément. Les trois verstes à parcourir entre la maison de la famille Olougine, à Pavlovsk, et le Palais de Catherine, avaient épuisé le garçon. Pourtant, ce jour-là, pas question de manquer le spectacle ! Il serait offert aux soldats par un quatuor inattendu.

Quand il eut franchi les grilles ornées de stalactites étincelantes, une vision de rêve attendait Pavel. Illuminé par un soleil hivernal, il avait devant lui le Grand Palais resplendissant malgré les outrages infligés par le temps. Les enduits bleus de sa façade étaient en harmonie, malgré leurs écailles, avec un ciel d'azur absolument pur. Les ors un peu ternis de ses pilastres et ceux des bulbes qui le couronnaient parvenaient quand même à miroiter des éclats solaires.

À l'intérieur, une légère effervescence agitait l'assistance. On avait amené les moins valides avec des brancards. Pavel était en retard. Il constata que ses patrouillards avaient assuré malgré tout le travail. Un piano venait d'être placé sur une estrade et les garçons, sur les instructions de Pavel, apportèrent en surcroît quatre chaises.

Les soldats plus valides étaient installés sur des bancs, derrière les civières et des fauteuils roulants. Cela bruissait, mais le silence envahit la salle en un instant quand la porte s'ouvrit. Quatre jeunes filles apparurent, habillées de manière identique, et celles-ci saluèrent alors que des applaudissements les accueillaient. Elles semblaient intimidées. Ce fut Olga qui se mit au piano. Ses sœurs avaient apporté des balalaïkas. De la place où Pavel était, le garçon nota que Tatiana lui paraissait soudainement adulte. La chrysalide était devenue mystérieusement jeune femme élégante et ses sœurs, Maria comme Anastasia, qui se trouvaient à ses côtés, renforçaient ce contraste et justifiaient inconsciemment le surnom : *la gouvernante* qu'elles lui donnaient en famille. Elles interprétèrent alors une série de mélodies. Les unes étaient romantiques, il y en eut de joyeuses et d'autres mélancoliques. Elles arrachèrent aussi des larmes avec un assortiment de chansons tristes et Pavel, en sachant un peu ce qu'elles-mêmes éprouvaient, ne put empêcher ses yeux de s'embuer.

*

On sortait de l'hiver et les travaux des champs s'annonçaient de manière impérieuse. Il était flagrant qu'un grand nombre de bras manquaient dans les villages et, faute d'hommes, on commençait à voir un bon nombre de femmes aux champs. Tout naturellement, *les Castors* étaient allés proposer leurs services à Marfa qui ne sut que dire. Elle accepta finalement. C'est ainsi que les garçons durent atteler la charrue pour aller labourer la terre en vue des semailles.

Pavel étant le plus trapu, s'occupa de maintenir le soc afin de tracer le sillon droit pendant que Nicolaï était chargé de mener le cheval. Il fut relayé par Maxim et par Augustin. Les plus jeunes : Ivan et

Boris, essayaient de relever leurs aînés de temps en temps, mais cela ne durait jamais bien longtemps. Bien sûr, il était exclu qu'Alexeï intervienne. Avec sa santé, déjà, cela n'aurait pas été raisonnable. Et puis la sécurité du palais, de toute façon, l'aurait impérativement interdit.

Au moment de midi, Marfa leur apporta la collation qu'ils avalèrent avec entrain car ils avaient besoin de forces.

— Où est ton mari ? lui demanda Nicolaï. Est-il à la guerre ?

— Bien sûr que non, lui répondit-elle. On a bien trop besoin de lui dans les ateliers Putilov.

— Effectivement ! releva Nicolaï. On y fabrique à présent surtout des canons.

Le mari de Marfa connaît-il sa chance ? avait fugitivement pensé Pavel. Il se dit aussi que Foma n'était pas très soucieux d'aider sa femme. Mieux faudrait peut-être aller proposer ses services aux babouchkas qui s'exténuaient à retourner les plates-bandes de leur petit lopin de terre.

Au cours de la semaine suivante, il n'en fut pas question. C'était au tour de l'unité de Tsarskoe Selo d'aller servir en ville, au Palais d'Hiver. Évidemment, Pavel espéra secrètement qu'il y verrait Tatiana. Ce ne fut pas le cas. Par contre, il y retrouva Grigori qui se trouvait, lui aussi, de service avec sa patrouille et celui-ci lui proposa de rester dormir chez lui. Nicolaï aussi dormirait à Petrograd. Il y vivait la plupart du temps depuis que son père était parti pour le front. Sa mère aimait mieux rester en ville.

— Nous rentrerons par Nevsky Prospekt, indiqua Grigori. Il faut que j'aille au *Gostiny Dvor* afin d'y prendre un paquet pour ma mère.

En fin de journée, les trois amis quittèrent avec un certain soulagement le lazaret du Palais d'Hiver et rejoignirent assez rapidement la Perspective Nevsky, s'arrêtèrent un instant devant la vitrine alléchante et relativement bien garnie d'Eliseïev, et plus loin, de l'autre côté de l'avenue, contemplèrent en traversant la colonnade élégante offerte par la cathédrale Notre-Dame de Kazan qui semblait leur ouvrir ses deux bras. Ils traversèrent encore deux rues puis se retrouvèrent à proximité du *Gostiny Dvor*. Devant l'entrée stationnait une élégante automobile. Grigori s'engouffra dans l'édifice en entraînant ses compagnons derrière-lui. Il monta sans souffler l'escalier qui conduisait à l'étage et parcourut sans hésitation la galerie jusqu'à l'étal où Bolkonsky devait récupérer le paquet.

À quelques comptoirs de là, se trouvaient deux infirmières et Nicolaï observa qu'elles étaient très embarrassées.

— Nous n'avons pas d'argent, s'excusait l'une à la vendeuse.

En même temps, Grigori s'était rendu jusqu'à la caisse afin de régler l'achat de sa mère et venait de revenir avec un justificatif. Il n'avait plus qu'à récupérer le colis. Nicolaï, en quelques signes, expliqua la situation. Bolkonsky comprit ce qu'il se passait.

— Puis-je vous dépanner ? proposa-t-il aux infirmières.

Un peu surprises, elles se retournèrent et Pavel eut un sursaut de stupeur. Il s'agissait d'Olga et de Tatiana qui rougirent alors instantanément, ce qui se remarqua d'autant plus au milieu de leurs guimpes immaculées.

Olga mit vivement son doigt devant sa bouche et les garçons comprirent immédiatement qu'il ne fallait pas mettre la puce à l'oreille de la vendeuse. Celle-ci, visiblement, ne se doutait pas qu'elle avait affaire aux deux filles aînées de l'empereur.

Grigori, pour donner le change, interpella de façon, disons,… très familière Olga Nicolaëvna, puis lui proposa de lui prêter l'argent dont elle avait besoin. Olga semblait beaucoup s'amuser de la situation. Tatiana pouffa. D'abord interloquée, celle-ci pensa que cela devenait incroyablement cocasse. En tout état de cause, elles se retrouvaient dans une affaire inusitée pour elles.

En vérité, les filles auraient aimé s'acheter, l'une et l'autre, un joli bracelet d'argent ciselé, mais Grigori n'avait malheureusement pas assez d'argent sur lui pour en régler le prix.

— Allons boire un chocolat, leur proposa-t-il, avant que la déception ne les atteigne.

Alors, il s'empara sans plus de façon du bras d'Olga Nicolaïevna pour l'entraîner vers une extrémité de la galerie. Tatiana prit d'autorité le bras de Pavel et Nicolaï en fut quitte pour fermer la marche.

Un estaminet se trouvait dans l'angle. On y commanda des chocolats chauds.

— Mais que faisiez-vous donc ici ? demanda Pavel.

— Oh, c'est toute une histoire, avait commencé Tatiana. D'habitude, un accompagnateur est toujours là pour assurer notre sécurité, mais cette fois, le Palais manquait de personnel et nous avons été prévenues qu'il fallait nous débrouiller.

Ce fut Olga qui continua.

— Il n'y a jamais d'occasion pour que l'on puisse aller se promener librement, regretta-t-elle. Nous avons saisi l'occasion qui se présentait pour en profiter.

Vêtues de leurs amples costumes d'infirmières et le visage encadré sévèrement par la guimpe en tissus blanc, les deux sœurs avaient assez rapidement découvert que cela leur offrait un certain anonymat. La familiarité des soldats, dans le lazaret, leur prouvait qu'ils ignoraient l'identité de ces deux infirmières.

— Alors, on en a profité pour aller se promener quelque part en ville, avait continué l'aînée. J'aimerais tant pouvoir le faire un peu plus souvent. C'est fabuleux de pouvoir flâner dans les rues de Petrograd incognito.

— Et rentrer dans les boutiques, ajouta Tatiana qui ne dédaignait pas les jolies choses.

Hélas, Olga ni Tatiana n'avaient d'argent. D'ailleurs, elles n'avaient jamais besoin de s'en servir et Grigori dut leur expliquer le fonctionnement de la monnaie dans le commerce.

Le temps passait. Tatiana se souvint que le chauffeur attendait dans la voiture et qu'il allait forcément s'inquiéter. Les garçons les raccompagnèrent et, donnant le change, ils les embrassèrent avant de les quitter. Quelque peu rougissantes, elles sortirent de la galerie puis s'engouffrèrent immédiatement dans l'automobile.

Tout joyeux de leur rencontre, Pavel et Grigori s'engagèrent aussitôt dans *Sadovaya ulitsa*, quittèrent un peu plus loin Nicolaï à proximité de *Senaya plochad* et puis rejoignirent enfin le quai Ekaterininskaia pour y continuer leur chemin jusqu'au n° 79.

Une fois rendus chez les Bolkonsky, la comtesse accueillit Pavel avec enthousiasme. Elle aimait bien le jeune homme auquel elle attribuait toutes sortes de qualités. De fait, elle avait perçu qu'il était de nature équilibrée, ce qui ne manquait pas d'influer sur son fils, un peu trop poète à son goût.

— Voulez-vous que l'on prévienne Augustin ? Demanda-t-elle. Il sera sans doute heureux de vous savoir ici. Le garçon pourrait nous rejoindre sans problème.

Les Vatel occupaient, pour tout dire, un petit appartement, dans le fond de la cour, à l'arrière de l'imposant hôtel particulier du comte et de la comtesse. Il fut convenu que les garçons souperaient ensemble.

— Auparavant, poursuivit la comtesse, allons au salon. Nous avons sans doute à causer.

Les garçons ne savaient pas trop s'ils pouvaient parler de leur aventure. Évidemment, la comtesse ayant parfaitement compris qu'ils étaient embarrassés, leur assura qu'il valait mieux pour eux se libérer du fardeau. Quand elle sut le fin mot de l'histoire, elle leur dit qu'il était difficile de faire un meilleur choix de ses amis.

CHAPITRE 13
Le héros de Maîchagola

Les semaines et les mois passaient comme un tourbillon. Il y eut un congrès rassemblant les scouts et c'est grâce à cela que l'on apprit que les unités de Moscou s'épanouissaient joliment sous le patronage attentionné de la grande duchesse Elizaveta Fedorovna, la propre sœur de l'impératrice, et sous la présidence du vice-amiral Ippolit Ilitch Tchaïkovsky, le frère du célèbre compositeur. De même, on eut des informations concernant des scouts à Kiev. En plus de la troupe, une patrouille de guides y avait vu le jour.

À l'occasion de la Saint-Georges, il y eut beaucoup de festivités. De même, on ne manqua pas de commémorer la première rencontre à Pavlovsk, il y avait déjà six ans. Cependant, ce fut le rassemblement des organisations de jeunes à Petrograd, à la fin mai, qui mobilisa le plus d'efforts. Une collecte avait été réalisée pour aider les régions pauvres et le 29, un important cortège avait été formé sur la Perspective Nevsky. Celui-ci s'était arrêté pour une célébration de la Divine Liturgie dans la cathédrale de la Mère de Dieu de Kazan, puis il s'était remis en chemin pour aller jusqu'aux jardins du Palais de Tauride. Les scouts ouvraient la parade en s'avançant par rangées de sept, chaque rang se trouvant composé par une patrouille. À leur tête, une fanfare et quelques tambours ouvraient la marche. Ensuite, avançait, porté par un scout et flottant au vent, l'étendard de la troupe de Tsarskoe Selo, le plus ancien de Russie. Suivaient quelques chefs au milieu desquels on apercevait Ragnard Alexeievitch Fernberg. Il menait les scouts de Petrograd. En arrière apparaissaient les scouts de Tsarskoe Selo, puis ceux de Petrograd.

Alors que les scouts étaient en train d'entrer dans les jardins de Tauride, une automobile approcha, puis vint s'arrêter près d'eux. Ce fut une femme âgée qui s'en extirpa. Celle-ci se dirigea vers les chefs et s'entretint quelque temps avec V. Volkovitch.

On sut rapidement qu'il s'agissait de la mère de l'empereur, Maria Fedorovna. Celle-ci posa beaucoup de questions sur les scouts au chef. Avant de repartir, elle encouragea vivement les garçons pour tout ce qu'ils faisaient.

Pavel était, bien sûr, allé ce soir-là chez Grigori. Nicolaï avait été lui-même invité pour le souper. Sans doute, Oksana s'était débrouillée pour en souffler l'idée, dans le creux de l'oreille, à sa mère.

On avait bien évidemment commenté les événements de la journée. Cependant, Anna Kirilovna brûlait visiblement de parler d'autre chose. Elle y parvint, bien sûr, avant la fin du repas.

— Nous aurons dans une quinzaine de jours

une visite importante, annonça-t-elle avec un peu d'emphase.

Il n'y eut pas vraiment de réaction. La comtesse alors poursuivit.

— Nous allons recevoir ici la grande duchesse Elizaveta Fedorovna qui vient de Moscou. Celle-ci veut voir sa sœur afin d'essayer de la mettre en garde à propos de Grigori Raspoutine. Il était d'abord question qu'elle soit hébergée chez les Youssoupov et, finalement, c'est chez nous qu'elle a préféré venir.

— Pourquoi n'est-elle pas reçue par la famille impériale ? avait demandé le comte, avec un certain étonnement.

— L'impératrice est probablement peu pressée de se faire sermonner par sa sœur, avait répondu son épouse.

Après un temps de silence, elle émit l'idée qu'elle avait eue : Puisque celle-ci soutenait des scouts à Moscou, peut-être aimerait-elle en rencontrer. Pavel et Nicolaï, alors, comptaient parmi les plus anciens.

— Accepteriez-vous de lui être présentés ? demanda la comtesse.

— Bien sûr, on pourrait venir, avait répondu Pavel en regardant ses deux amis tour à tour.

Ils n'étaient pas franchement emballés, mais ils acquièrent en hochant la tête. Anna Kirilovna fixa donc un rendez-vous.

Le jour dit, Pavel et Nicolaï étaient venus comme prévu chez les Bolkonsky. La comtesse avait fait quelques frais de toilette et les avait entraînés, Grigori suivant le petit groupe, en direction de la rue Yacheskaya.

— Elle est allée tôt ce matin réciter les laudes à Saint-Nicolas des marins, précisa la comtesse en pressant le pas. Nous allons la rejoindre là-bas.

Une fois parvenus devant la cathédrale, ils y pénétrèrent et se retrouvèrent à l'intérieur de la crypte. Il se trouvait là quelques babouchkas vénérant les icônes et fichant des cierges en cire jaune à leurs pieds.

Un chant polyphonique assez lointain les envoûtait déjà. La comtesse avait constaté qu'Elizaveta n'était pas là.

— Montons ! décida-t-elle en indiquant l'entrée d'un escalier, sur la droite.

En escaladant les larges degrés, les garçons se sentaient de plus en plus enveloppés par la musique. Basses profondes et ténors engendraient des frissons dans leur échine. Elle les transporta quand ils pénétrèrent au 1ᵉʳ étage, au sein de la cathédrale. Un chœur invisible était perché dans une tribune, au sommet des voûtes ornées de fresques et de dorures. Il exprimait des accents de paradis.

— La voici ! déclara la comtesse en désignant quelqu'un du doigt.

Pavel étonné ne voyait qu'une religieuse aux

vêtements de laine écrue, priant à deux genoux face à l'icône de la Mère de Dieu.

La moniale avait senti la proximité des visiteurs. Elle tourna les yeux vers eux puis se releva, leur offrant son sourire extraordinairement lumineux, puis leur prit les deux mains, tour à tour, en les serrant presque tendrement.

— Ce sont donc là nos valeureux scouts issus de Pavlovsk, attesta-t-elle.

Pavel était très intrigué par la grande duchesse. Elle avait la cinquantaine et rayonnait d'une beauté remarquable. Toutefois, l'éclat de son visage était irradié d'une autre beauté, transparaissant de l'intérieur.

— Les garçons, dit la comtesse, je dois vous présenter Madame Elizaveta, mère supérieure et fondatrice à Moscou du couvent de Marthe et Marie.

Les garçons s'inclinèrent avec respect. La religieuse entraîna tout ce petit monde à l'extérieur et questionna les scouts à propos de leurs activités mais aussi des aspects spirituels de leur vie scoute. La sœur encouragea les trois garçons, les engagea fort à persévérer, puis les bénit juste avant que débute, au sein de la vaste cathédrale, une Divine Liturgie remplie de parfums et d'harmonie célestes.

— Il y a de la lumière en vous, leur avait-elle affirmé. Puissiez-vous faire en sorte que votre Foi vous aide à chasser les ombres autour de vous. Rayonnez, mes fils ! Rayonnez !

Pavel avait été très impressionné. Cela rejoignait les mots du père Vasil. Des ombres, et la lumière ! En ces temps incertains qui bouleversaient le pays, la Foi qu'ils avaient devait se fortifier. De la même façon que mère Elizaveta rayonnait, Pavel eut le sentiment que les scouts aussi devaient rayonner tout autour d'eux.

Tatiana se faisait plus rare et Pavel en concevait de la peine. Il savait que la jeune fille, à nouveau, s'était prise d'affection pour un blessé. C'était un simple soldat, Vladimir Kiknadzé, qu'on appelait Volodia. Souvent, la grande duchesse allait l'écouter pianoter puis lui jouait du piano, trouvant chaque fois des excuses afin d'aller le voir à l'hôpital avec Olga.

Celle-ci n'était pas en reste. Elle s'était éprise en fait d'un autre soldat. Celui-ci s'appelait Dimitri Chakh-Bagov. Elle ne pensait donc plus qu'à ce Mitya.

Pavel était d'humeur chagrine. Il était devenu mélancolique et, sans doute, aurait-il eut du mal à garder sa tête hors de l'eau s'il n'avait pas eu l'aide et l'amitié de Nicolaï et de Grigori. Même Oksana lui consacrait de son temps. Nina se révéla son amie la plus précieuse. Il était souvent chez elle et l'aidait quand elle en avait besoin pour s'occuper du petit Oleg et de son frère Igor.

À la maison, Iekaterina Vassilievna s'était aperçue des tourments de son fils. Elle essaya de le protéger de son mieux. Ce fut certainement le père Vasil, en sa petite église en bois, qui réconfortait le mieux Pavel. On y était dans l'ombre. Il y voyait la lumière.

À la mi-septembre, un bruit courut comme une traînée de poudre entre les différents scouts de la troupe.

— Grigori m'a dit qu'un pli de la *stavka* venait d'être porté chez Nina, déclara Nicolaï.

— Serait-il arrivé malheur ? avait demandé Pavel.

Ils s'étaient précipités chez Nina. Comme à son habitude, elle était d'humeur égale. Ils étaient inquiets. Elle s'en aperçut. Très vite, elle essaya de les rassurer.

— Oleg a été blessé le trois septembre, expliqua-t-elle. Ce ne serait pas trop grave. D'après l'État Major, il se serait conduit de façon glorieuse.

— Nous rejoindra-t-il ? demanda Nicolaï.

— Sans doute. Il faudra cependant quelque temps.

Vers la fin de la semaine, une autre nouvelle avait parcouru tout ce petit monde. Une lettre d'Oleg était arrivée chez Nina. On s'y bouscula.

Oleg y expliquait qu'il avait désormais largement le temps d'écrire et racontait ce qu'il s'était passé.

Depuis plusieurs mois, les régiments russes avançaient plutôt bien, faisant des prisonniers par milliers parmi les Allemands. Le régiment d'Oleg, ainsi, s'était retrouvé dans la région de Vilno.

Le trois septembre, ils étaient installés près d'un petit village appelé Maïchagola quand les Allemands déclenchèrent une forte contre-offensive. Oleg avait le commandement de l'aile droite de la division. L'aile gauche avait été enfoncée, ce qui avait eu pour conséquence d'encercler le régiment d'Oleg. Il avait alors lancé de son propre chef une contre-attaque, arrêtant de ce fait les Allemands, puis il les repoussa, faisant au passage encore un bon nombre de prisonniers.

Oleg était blessé, mais il avait gardé le commandement de son régiment. Grâce à cette action, le colonel Pantukhov avait assuré la sécurité des régiments d'infanterie, permettant ainsi de rétablir les communications, mais aussi favorisant le redéploiement de l'armée russe.

— Ouf ! soupira Grigori. Quelle action ! Notre chef est un grand homme.

— Il mérite une médaille, ajouta Nicolaï.

Nicolaï avait raison. Dès son retour, Oleg allait être décoré de la croix de chevalier dans l'ordre de Saint-Georges.

Dans le même temps, Grigori rapporta qu'Olga Nicolaïevna n'allait pas très bien. La jeune fille avait trop vu de soldats mourir au lazaret, ne supportant plus la vue des mutilations. Elle était trop stressée, devenait colérique et se résigna, vers la fin d'octobre, à ne plus se charger que du travail d'aide-soignante. Dès lors, elle ne s'occuperait plus que des prises de température ainsi que de la distribution des médicaments, mais aussi de vider les pots de chambre. Pavel alors se dit qu'elle avait besoin de réconfort à son tour.

Il décida d'aller la voir, aussitôt qu'il en aurait le loisir, un jour où ce serait son tour de servir au lazaret. Encore aurait-il fallu qu'elle soit aussi de service à ce moment-là.

Quand l'occasion se présenta, Pavel eut du mal à la trouver. Le garçon s'enquit de savoir où elle était. Grigori l'accompagnait ce jour-là, leur service étant achevé. Les deux garçons pensaient qu'ils allaient revenir bredouille et se disposaient à quitter le Palais d'Hiver, quand le bruissement d'une robe attira leur attention dans l'escalier des ambassadeurs.

— On m'a dit que vous me cherchiez ? lança-t-elle en courant derrière eux, sa voix résonnant parmi les marbres.

Pavel et Grigori se retournèrent.

— Olga ! s'exclama Pavel. Effectivement, j'espérais vous voir.

— Puis-je quelque chose pour vous ?

Les jeunes gens s'étaient rejoints dans un angle de l'escalier, juste avant la dernière volée de marches.

— Nous avions envie, tout bêtement, de bavarder comme on l'avait fait l'autre fois, répondit Pavel.

Il n'était pas concevable, évidemment, de rééditer la petite escapade effectuée dans les galeries du *Gostini Dvor*. Olga, toutefois, sembla ravie de la proposition.

— Venez ! dit-elle. Allons dans l'un des salons. Nous serons mieux qu'ici.

C'est ainsi qu'ils remontèrent à l'étage et qu'Olga les entraîna dans une enfilade de salles aux fenêtres ouvertes sur la Neva. Toutes étaient plus somptueuses les unes que les autres. Ayant jeté son dévolu sur un petit coin tranquille, au boudoir tendu de soieries rouges, elle indiqua des fauteuils et tous trois s'installèrent après les avoir approché les uns des autres.

— Je sais pourquoi vous voulez me parler, dit-elle avec un air enjoué. Ne serait-ce pas pour essayer de changer les idées d'une pauvre *tsarevna* qui a sombré dans la langueur ?

Pavel avait un peu rougi. Grigori signifia que c'était en effet leur intention.

— Merci pour votre Bonne Action. Cela me touche infiniment. C'est vrai que j'étais arrivée juste au bout de mes forces et vous ne savez certainement pas tout. Le mois dernier, j'ai fini par m'emporter de telle manière que j'ai cassé trois volets du Palais d'Alexandre à coups de parapluie. Une autre fois, c'était ici, au lazaret, il m'est arrivé de démolir une série de portemanteaux dans le vestiaire.

— Si vous le voulez, nous vous serons toujours des amis fidèles. N'hésitez pas à nous appeler quand vous en aurez besoin.

Olga les rassura sur sa santé. La jeune fille expliqua qu'elle avait fait le bon choix, qu'elle n'était vraiment pas faite pour assumer le métier d'infirmière et que son travail d'aide-soignante était parfait pour l'aider à acquérir un peu plus de modestie.

Pavel admira la fille aînée du tsar. Il se dit qu'elle avait beaucoup de courage, en dépit de ses limites et pourtant, il observa que son visage avait changé. La tristesse avait soudainement envahi ses traits.

— Souvent, je suis désespérée, leur avoua-t-elle. La situation de notre pays devient véritablement catastrophique. En plus, je vois bien que le peuple est de plus en plus hostile à l'empereur et à notre famille. Les agents de l'Allemagne ont propagé des mensonges à notre propos. Ils essaient d'abattre la Russie. Notre avenir est bien sombre.

Pavel en fut décontenancé. Il essaya de réconforter la jeune fille. Alors, il lui raconta la rencontre avec mère Elizaveta.

— Comme elle nous l'a dit, nous devons tous enrichir notre Foi pour mieux la rayonner. Ici aussi, c'est notre devoir. Il est tellement important de conforter tous ces blessés qui sont trop souvent dans le désespoir.

La jeune fille acquiesça.

Grigori raconta l'action d'Oleg avec son régiment, près de Maïchagola. Il pensait que lui-même avait une Foi qui permettait de déplacer des montagnes.

Le héros de Maïchagola

— C'est un exemple pour nous, conclut Pavel. Rien n'est perdu.

Olga l'approuva.

Grigori ne savait pas à ce moment-là qu'il ne reverrait plus la jeune fille et cela du fait des événements révolutionnaires. Il en serait différemment de Pavel.

CHAPITRE 14
1917
Le potager de l'Empereur

La cloche de l'entrée venait de sonner dans le vestibule et cela s'agita dans la maison des Olougine.

— Qui va donc ouvrir ? demanda Iekaterina Vassilievna du haut du palier.

— J'y vais ! lança de sa voie flûtée la jeune Evgenia Ivanovna qui jouait du piano dans le salon.

Quelques instants plus tard, elle appelait.

— C'est quelqu'un qui voudrait voir Pavel.

Alors on entendit craquer les marches de l'escalier que dévalait son grand frère.

Le visiteur était un grand jeune homme et pouvait avoir environ vingt ans.

— Tu ne me reconnais pas ? demanda-t-il à Pavel. Ç'était au temps des *Castors* et d'Oleg Ivanovitch.

— Dimitri ! Ça y est, je me souviens.

— Qu'est-ce que tu as grandi !

— Je pourrais dire autant de toi.

Cela faisait bien cinq ans que les deux garçons ne s'étaient pas revus. Dimitri dont le père avait été jardinier chez les Bolkonsky travaillait depuis qu'il avait quinze ans chez un horticulteur. Il expliqua qu'en raison des troubles politiques, ils avaient perdu presque tous leurs clients. Cependant, la pénurie des marchés de fruits et légumes étant croissante, il s'était trouvé par hasard un autre travail.

— Pourrait-on se rendre au parc ? demanda-t-il en mettant les doigts devant sa bouche afin de signifier qu'il ne pouvait pas plus parler.

Pavel attrapa son pardessus qui pendait au portemanteau, puis il fit signe à Dimitri de le suivre.

Refaire en compagnie de Dimitri le chemin vers le parc avait troublé Pavel. En longeant la Slavianka, les souvenirs étaient brusquement remontés, mais le jeune Olougine avait vivement chassé cela de son esprit.

Quand ils eurent atteint la lisière, ils s'enfoncèrent au creux des halliers. Dimitri retrouva, non sans difficulté, le sentier qui menait jusqu'à la hutte des *Castors*. Elle était en piteux état ! Les perches de bois tenant lieu de charpente étaient en partie pourries, la toiture effondrée gisait pratiquement sur le sol. Il ne resterait bientôt plus aucun vestige, à proprement parler, de l'épopée des *Castors*.

— Ici, nous pouvons parler, commença

Dimitri. Nous avons la garantie de ne pas avoir été suivis.

— Pourquoi tant de mystère ? s'étonna Pavel.

— J'ai rencontré quelqu'un qui, sans doute, aimerait te revoir. Il faut pour cela pénétrer dans le parc du Palais d'Alexandre et c'est très risqué, mais je pense avoir un moyen.

Pressé par Pavel, il fallut que Dimitri raconte en détail à celui-ci qu'il avait été recruté par le comité révolutionnaire afin d'aller travailler dans les jardins du Palais d'Alexandre. On y avait transformé toute une partie du parc en cultures maraîchères et les Romanov, afin de ne pas céder au désoeuvrement, s'étaient très volontiers mis au travail.

— Les filles et leur père y retournent la terre aussi bien que l'auraient fait des moujiks. Le jeune Alexeï aussi participe à la tâche et le fait pour autant que sa santé le permet.

— As-tu vu Tatiana ? souffla Pavel.

— Bien sûr ! et c'est un peu pour cela que je suis venu. Nous avons parlé des scouts et je lui ai dit que j'en avais été. Elle m'a demandé si je te connaissais.

Un flot de chaleur avait emporté brutalement Pavel et celui-ci ne sut plus comment garder l'équilibre. Y aurait-il un moyen de venir en aide à Tatiana ? de l'enlever peut-être ? et les Romanov ? que pouvait-il faire ? À coup sûr, ils auraient dans ce cas des milliers de bolcheviks aux trousses.

Voyant qu'il ne l'écoutait plus, Dimitri frappa l'épaule de Pavel.

— Écoute-moi ! J'ai un plan. Je peux te faire engager, toi aussi, comme jardinier. Si tu ne fais pas trop le malin, tu pourras discrètement lui parler.

Tout cela marchait un peu trop vite et Pavel avait beaucoup de mal à garder les idées claires. Au jour dit, il était allé se faire embaucher. Le responsable de Dimitri l'avait enregistré sans problème et les deux jeunes gens s'étaient présentés devant le poste de garde que l'ancien CP des *Castors* avait tant de fois franchi. L'apparence avait bien changé. Les revêtements devenaient décrépis, la mousse envahissait le toit, les grilles étaient déjà partiellement rouillées. Ce qui frappa le plus Pavel, c'était l'état de laisser-aller des gardes. On était vraiment loin des plantons de la garde impériale. Ceux-ci vérifièrent avec attention les laissez-passer des jardiniers qui se dirigèrent aussitôt vers le nouveau jardin potager.

Il fallut commencer le travail et les garçons s'y étaient mis de bon cœur. Des soldats contribuaient de même à ces travaux pour la subsistance de chacun.

Les ouvriers travaillaient ainsi depuis deux heures, encadrés par quelques gardiens, quand, du côté du Palais, plusieurs personnes en étaient sorties. Pavel observa, tout en gardant la tête baissée, qu'elles avaient pris la direction du potager. De loin, le jeune homme avait reconnu tout de suite Olga Nicolaïevna, sa sœur Tatiana, de même que Pierre Gilliard, leur précepteur. Il distingua très bien Nicolas II, la bêche à la main, qui bavardait avec un garde. Alors, Pavel essaya de se concentrer sur son travail et ne tourna plus le regard en direction du Palais.

Le tsar déchu commença, quelques mètres plus loin, la réalisation d'une autre plate-bande. Pavel avait esquissé un geste pour le saluer respectueusement, mais Dimitri l'en avait dissuadé d'un mouvement de tête impératif.

— Puis-je vous aider ? demanda l'une des jeunes filles, équipée d'une bêche.

Reconnaissant la voix d'alto, Pavel en fut abasourdi, mais quand il se tourna dans sa direction, l'effarement fut encore plus grand pour Tatiana. L'expression de son visage avait soudainement varié de l'étonnement jusqu'au sourire épanoui pour adopter finalement le masque de l'indifférence.

— Bien sûr, mademoiselle, avait-il répondu. Comme vous voulez.

Les deux jeunes gens travaillèrent ainsi côte à côte un bon moment. Pavel en tirait d'autant plus d'ardeur. Plusieurs fois, Tatiana s'était arrêtée pour interpeller son père et celui-ci lui lança des encouragements. Plus tard, Olga vint près de sa sœur et lui dit quelques mots. Son regard, en s'en retournant, croisa celui de Pavel. Il eut droit, juste après des yeux ronds incrédules, à son délicat sourire et pensa que cela devait leur faire un bien considérable de le savoir ici. C'était un moyen de leur prouver que l'on pensait à elles.

— Merci d'être là ! lui avait dit finalement Tatiana.

— Mon rêve est de t'enlever, lui avait-il répondu après un long silence.

— Tu es fou, lui dit Tatiana, tout en fixant des yeux la bêche au moment de l'enfoncer dans la terre épaisse et noire. C'est absolument impossible.

— Je le sais bien.

Quand ils furent au bout de la plate-bande, ils se reposèrent un peu.

— Reviendras-tu ? lui demanda-t-elle.

— Autant de fois que je le pourrai.

On appela Pavel. Il retint son souffle. Heureusement, ce n'était que pour lui demander d'aider l'un des soldats qui peinait à sortir un chargement de l'ornière.

Un peu plus tard, alors qu'ils avaient repris le travail, Tatiana lui fit part de ses sentiments sous la forme de courtes phrases.

— Cet endroit me fait penser au jardin de Gethsémani, lui fit-elle incidemment remarquer.

Cela n'avait pas manqué d'impressionner le jeune homme.

Au cours des jours suivants, Pavel eut à travailler dur. Il lui fallait tout d'abord gagner le palais qui se trouvait à près de quatre verstes de chez lui, puis on attaquait le travail à bon train.

Tout en marchant sur la route, en direction de Tsarskoe Selo, Pavel avait à l'esprit tous les événements de ces derniers mois qui s'y bousculaient dans un tourbillon parfaitement incontrôlable. Il se souvenait du second congrès du mouvement des scouts Russes, au cours duquel on avait appris l'implantation de scouts à Vladivostok, au fin fond de l'Extrême-Orient russe. Oleg avait été blessé de nouveau. Il était parti pour Massandra, sur la côte, au sud de la Crimée. L'assassinat de Raspoutine était arrivé dans le cours de l'hiver au domicile de Felix Youssoupov. Un livre pour les scouts était sorti des presses à Moscou, ce qui avait enflammé leur intérêt presque aussitôt, puis, en mars, le tsar avait abdiqué dans l'espoir de mettre un terme aux troubles qui perturbaient le pays. Le colonel Pantukhov était revenu, mais ce fut pour effectuer son déménagement vers Moscou. Il devait y diriger la 3ème école d'élèves officiers. Des fusillades assez sporadiques avaient été entendues, selon Grigori, dans certains quartiers de Petrograd. Il fallait prendre de multiples précautions pour aller en ville. Des bataillons de femmes avaient tenté d'assurer la défense du Palais d'Hiver où se trouvait le gouvernement provisoire, et puis les bolcheviks avaient tout emporté, ne trouvant quasiment plus de résistance. On allait tomber de Charybde en Scylla.

Depuis que les aînées des grandes duchesses avaient vu Pavel au cœur du parc, elles allaient d'autant plus volontiers travailler aux champs. Pavel et Dimitri surveillaient leur arrivée, mais ils vérifiaient surtout qu'ils n'étaient pas observés. La moindre suspicion de la part des geôliers de la famille impériale aurait forcément des conséquences incalculables.

Avec un sourire attendri, Pavel avait remarqué les quatre sœurs arrivant sur le terrain. Il eut été bien surprenant de constater qu'il s'agissait d'altesses impériales. On eut plutôt pensé qu'elles étaient de simples *babié* (paysannes) venant d'un village voisin. Pavel Olougine avait déjà vu les deux aînées dans leurs uniformes de colonels ou revêtues de robes en mousseline au théâtre. Gros bonnets, jupes en laine et bottes de feutre, il les trouvait parfaites aussi bien dans leurs toilettes de *tsarevnas* que devenues modestes paysannes.

Aujourd'hui, Tatiana n'était pas venue travailler près du jeune homme. Elle avait décidé de s'en approcher plus tard afin de ne pas éveiller les soupçons.

Bien qu'il fit frais pendant ces premiers jours de printemps, le soleil était là qui chauffait généreusement, ce qui avait incité les filles à laisser leurs vestes et profiter du soleil en simple chemisier.

Quand Tatiana s'approcha de lui, Pavel observa qu'elle avait beaucoup changé. Les épreuves et les années faisaient de la jeune fille une femme à présent.

— C'est l'heure de la pause, avait-elle annoncé fortement pour que tous entendent autour d'eux. Voulez-vous partager nos casse-croûte ?

Pavel et Dimitri suivirent la jeune fille en direction d'une cabane en bois le long de laquelle ils pouvaient s'abriter du vent. Monsieur Gilliard était-là, tandis qu'un serviteur apportait tout un panier de victuailles. Olga les avait rejoints. Pavel eut le sentiment qu'elle aurait voulu lui sauter au cou.

— Qui êtes-vous, mon garçon ? lui avait demandé Nicolas II qui venait d'arriver derrière lui.

— C'est Pavel Olougine, avait annoncé Tatiana, l'un des jardiniers du comité révolutionnaire avait-elle précisé tout en faisant un clin d'œil imperceptible à son père.

À l'expression qu'eut l'ancien Tsar à ce moment-là, le jeune homme avait compris qu'il savait parfaitement qui était ce prétendu jardinier.

De la sorte, il se passa plusieurs semaines offrant une sorte d'évasion du cœur. Alexeï était, lui aussi, venu plusieurs fois près de son ancien chef de patrouille. Il avait trouvé les mots qu'il fallait pour le réconforter. De même, il l'avait remercié pour les bons moments passés grâce à la compagnie des *Castors*.

De temps en temps, Tatiana trouvait le moyen d'approcher Pavel et pouvait échanger quelques mots. Le confident d'autrefois ne passait plus des heures en sa compagnie, mais la concision de leur dialogue était compensée par la densité de l'échange.

Un jour, elle évoqua l'exil. Espérait-elle à ce moment-là que le gouvernement provisoire autorise un moment donné sa famille à partir à l'étranger ?

Une autre fois, la jeune fille annonça qu'il faudrait définitivement se quitter. Le temps des semailles était passé. Les jardiniers supplétifs allaient forcément quitter l'environnement du Palais prison.

— C'est trop dangereux, lui avait ajouté Tatiana. Promets-moi de ne plus tenter de revenir.

Le cœur serré, Pavel offrit tout ce qu'il éprouvait pour Tatiana, de la seule façon qu'il pouvait le faire et c'était par l'intensité de son regard, plongé dans les yeux gris de son amie. Celle-ci répondit par une expression révélant sa véritable tendresse et cela valait des étreintes infiniment plus emportées. Ni l'un, ni l'autre, ils ne pouvaient savoir à ce moment s'ils se reverraient un jour.

À quelques pas de là, celui qui avait été jusqu'à peu l'empereur de toutes les Russies les observait, le regard triste.

Les quelques discussions qu'il avait eues ces dernières semaines avec Tatiana devaient obséder longtemps Pavel. Un maître mot s'en était dégagé. C'était une phrase exprimant parfaitement ce que la jeune fille avait dévoilé des aspects les plus intimes de sa pensée. Il entendait encore les intonations de sa voix la prononçant : *Notre réconfort est dans l'Amour de Dieu.*

Pavel avait ainsi perçu chez Tatiana des éléments insoupçonnés de sa personnalité, quelques fragments de son intimité spirituelle et peut-être aussi, tout simplement, de son âme. En vérité, la *cavalière* élégante, un peu fière en dehors de ses proches et d'amis intimes avait dévoilé sa recherche d'absolu, sa quête aux aspects parfois mystiques. Il avait découvert en elle une spiritualité grandissante et retrouvait à ce propos quelques traits de mère Elizaveta, sa tante. Il revoyait Tanya murmurant non loin de lui, tout en bêchant, les premiers versets du psaume 130 : *Des profondeurs, je crie vers toi mon Dieu. Écoute mon appel. Que ton oreille se fasse attentive au cri de ma prière.*

À de nombreuses reprises, elle avait évoqué les écrits du père Ioannis de Cronstadt et recommandé leur lecture à Pavel. Il fut surpris de l'entendre en réciter tout un passage : *La paix et l'amour proviennent de Dieu seul qui est leur source. Elle est un avec Dieu et comme la Mère du Christ qui est la paix, elle protège et demande la paix du monde entier et surtout celle de tous les Chrétiens. C'est elle, par conséquent qui a l'inestimable pouvoir de chasser loin de nous, d'un seul signe, les esprits impurs du mal qui se plaisent à semer parmi les hommes le courroux et la discorde ; et c'est elle qui donne promptement la paix et l'amour à tous ceux qui, remplis de Foi, ont recours à sa souveraine protection.*

Tout cela sonnait aux oreilles de Pavel avec des accents prophétiques alors que, de plus en plus, les organisations de jeunesse des bolcheviks effectuaient la chasse aux scouts. Ils n'hésitaient pas à manifester leur hostilité sous forme d'injures, ainsi que par des caillassages et des menaces à peine voilées.

Quelque temps plus tard, Elena Ivanovna prévint son frère aîné que Dimitri voulait le voir. Il trouva ce dernier chez son patron, puis, tous les deux se rendirent à l'isba de Marfa. Dimitri s'était contenté d'expliquer qu'on voulait lui parler.

Quand ils frappèrent à la porte, ce fut Foma qui leur ouvrit. Marfa n'était pas là.

— Entrez ! leur dit-il avec un ton désagréable en balayant des yeux les alentours.

À l'intérieur, il essaya d'adoucir son attitude et, se raclant la gorge, il chercha ses mots.

— Vous savez que je ne vous aime pas beaucoup, commença-t-il. Au soviet de Tsarskoe Selo, on dit toujours que les boy-scouts, c'est de l'engeance de bourgeois, des fils d'aristos. Moi, je sais bien que c'est pas vrai. Bien sûr, il y en a quelques-uns, mais ce ne sont pas des prétentieux. On y trouve aussi des ouvriers, comme Igor ou comme toi, Dimitri.

Les deux garçons l'écoutaient, bouche bée.

— Vous, les scouts, continua-t-il, avez toujours bon cœur. Vous avez toujours aidé ceux qui souffrent, alors je veux vous dire ici quelque chose. Il faut prendre garde à vous, surtout toi, Pavel, qui t'est fait remarquer avec des altesses. Il y a des bruits qui circulent au sein des soviets et, si j'ai un bon conseil à vous donner, c'est de fuir avec vos familles aussi loin que possible et de préférence à l'étranger. Vous êtes en danger.

CHAPITRE 15
1918
À la rencontre des armées blanches

Les eaux de l'Irtich, en été, sont aussi plaisantes à contempler que celles de nombreux autres fleuves. Il est alors assez malaisé d'imaginer leur aspect durant l'hiver, une fois qu'elles sont prises entièrement dans les glaces. En attendant, le mois de juillet commençait. Grâce à la douceur du temps, presque tout le monde était dehors et Pavel, afin de tuer l'ennui, se promenait sur les berges du fleuve.

La famille Olougine était à Omsk. En fait il y avait plus d'un mois que tous les cinq, ils avaient débarqué sur le quai de la gare avec leurs valises et le restant des *Pirojki*. Leur préoccupation fut alors de trouver le plus rapidement possible un logement. Beaucoup de réfugiés s'ajoutaient chaque jour à la population. Des missions étrangères avaient pignon sur rue. Les soldats se trouvaient partout. Se loger n'était donc pas facile. À cette fin, Pavel et son père avaient parcouru la ville en tous sens. On leur avait finalement proposé deux pièces et c'est-là qu'ils vivaient désormais.

Les deux filles étaient installées dans la chambre la plus petite et Pavel ainsi que ses parents se partageaient la plus grande.

Le jeune homme arpentait souvent la ville à la recherche d'un travail. On lui avait dit de tenter sa chance auprès des missions étrangères et pour cela prendre rendez-vous. De son côté, son père avait trouvé. Il occupait un emploi de modeste secrétaire au sein d'une administration qui s'occupait des réfugiés. Ses sœurs et sa mère effectuaient, quant à elles, des travaux de couture. Durant les week-ends, Pavel était occupé par les activités scoutes. Il avait rapidement découvert qu'il se trouvait plusieurs groupes à Omsk et n'avait pas attendu longtemps pour les rejoindre. Ses deux sœurs elles-mêmes étaient inscrites aux guides.

Le soir, il fallait s'organiser pour la nuit. Tandis qu'Elena s'arrangeait avec sa sœur Evguenia, Pavel étendait dans l'autre pièce un matelas pour lui-même et dressait, au centre, un paravent qui préservait l'intimité de ses parents. Le matin, tout était rangé pour offrir un espace aussi plaisant que possible.

Les deux sœurs Olougine étaient avec leur mère, en train d'achever les derniers points de l'ouvrage avant d'aller livrer leur dernière commande. Il s'agissait de reconditionner des doubles rideaux partiellement décolorés. L'après-midi s'achevait, quand on entendit quelqu'un gravissant l'escalier. Le bruit d'une clé fourrageant la serrure annonçait le retour de Pavel ou celui de son père. En réalité, c'était Pavel. Il était tout excité.

— Papa ! Maman ! J'ai trouvé du travail !

— C'est merveilleux, mon fils, lui répondit Iekaterina, mais ton père n'est pas encore rentré. Je pense que nous devrions organiser une petite fête en cet honneur. Cela lui fera vraiment plaisir. Tu sais, nous avons bien besoin de bonnes nouvelles en ce moment.

Ainsi, ce soir-là, Iekaterina s'était mise à préparer des *blinis* et quand son mari rentra, celui-ci fut tout étonné de voir que la table avait des aspects festifs.

— Que nous vaut ce festin ? demanda-t-il avec un étonnement tout guilleret dessiné dans son regard.

— Papa, lui annonça Pavel, on m'a engagé ! Je serai traducteur à la mission française.

Ils se félicitèrent du fait que Pavel avait eu cette excellente idée d'apprendre le français. Il expliqua qu'il aurait à traduire des piles de documents pour le compte du commandant Durette. En contrepartie, le jeune homme obtiendrait 400 roubles de gages. Ainsi, la famille Olougine allait pouvoir un peu mieux subvenir à ses besoins les plus courants.

Grâce à Pavel, il était plus facile à présent de se faire une idée de la situation du pays. Des informations parvenaient quotidiennement jusqu'à la mission. Les nouvelles, à-propos des événements révolutionnaires, et de ce qui semblait de plus en plus être une guerre civile, étaient peu réconfortantes. En ville, on voyait confluer des soldats de multiples origines. Il en venait aussi de l'étranger. La légion tchèque était déployée du côté de l'Oural. Un bruit persistant courait qu'elle avait intercepté plusieurs wagons chargés d'or. Il s'agissait du trésor de la Russie qu'il fallait mettre en sécurité. Cela serait fait à Omsk, étant donné que la cité sibérienne avait acquis le statut de capitale de la Russie. L'amiral Koltchak avait, par ailleurs, été promu commandant en chef des armées blanches et l'on recrutait des troupes en masse.

Malgré les horizons très sombres environnant la cité, la vie s'organisait malgré tout pour les arrivants, continuait pour les autres. Ainsi Pavel avait-il pu fréquenter le petit univers des scouts locaux. C'était un chef originaire de Petrograd, en fait, qui avait créé la première unité d'Omsk. Il fut considéré que Pavel arrivait à point nommé pour assurer la direction de l'une des troupes, étant donné que les effectifs étaient en train de croître. Les scouts affluaient. Le scoutisme apportait à tous un dérivatif apprécié.

L'un des lieux les plus recherchés pour aller camper se trouvait de l'autre côté du fleuve Irtich. Il fallait le traverser grâce au bac. Ensuite, on devait marcher pendant plusieurs verstes avant de planter les tentes. Le campement se trouvait à proximité d'un village appelé Coulomsino. Un jour, il y eut une expédition d'exploration jusqu'à Tchounaevka, à près de douze verstes de là. Ce fut l'occasion de rencontrer la communauté de colons Allemands qui vivait-là. Ces étrangers de confession Mennonite étaient très hospitaliers. De plus, il s'agissait de gens tout à fait méticuleux, travailleurs et cultivés. Cela changeait du chaos qui tourmentait le peuple russe.

En dépit de dérivatifs offerts par le travail et les activités scoutes, il était quasiment impossible à Pavel, avant de s'endormir, de ne pas accompagner par la pensée tout ses amis disséminés le long de chemins incertains. Depuis qu'ils avaient quitté Petrograd, il n'avait pas reçu la moindre nouvelle de Tatiana, ni des siens. Pavel était inquiet. Tant de familles avaient été dispersées dans cette épouvantable anarchie dont souffrait à présent la Russie. La nuit, pendant de longs moments d'insomnie, ses pensées ne pouvaient se détacher d'elle et quelquefois, Pavel avait du mal à réprimer des sanglots. La jeune fille enjouée, volontaire et délicate occupait son esprit le plus clair du temps. Pavel aurait voulu vieillir instantanément de plusieurs années pour être libéré de cette époque incertaine et terrible. Ensuite, il rêvait de la retrouver, même au bout du monde. Il était épris de Tanya. Cela s'était amplifié sans qu'il en eût vraiment conscience. À présent, Pavel en avait la certitude. Il aimait la jeune fille et se demandait si, de son côté, celle-ci pensait à lui.

Parfois, le jeune homme imaginait des plans d'avenir. Aussitôt, ses pensées incrédules en balayaient l'espérance. Il s'imaginait aux côtés de Tanya, des enfants tout autour d'eux. Dans l'instant même, il savait que c'était impossible. Ils étaient environnés de murs ou de distances infranchissables à ses yeux. Pourtant, le garçon se remémorait souvent les mots du père Vasil à propos des ténèbres et de la lumière issue de la Foi qui viendrait un jour éclairer les cœurs.

Pavel, au bout de quelques mois, s'était

parfaitement intégré dans son cadre de travail et cela lui valut des compliments du commandant Durette. Un jour assez glacial, alors qu'il rentrait de la mission et qu'il était pressé de se réchauffer, le jeune homme eut à subir un assaut tout à fait inattendu de ses deux sœurs. Elles étaient totalement surexcitées.

— Pavel ! Pavel ! criait Evguenia, nous venons de recevoir un pli pour toi !

La cadette, en même temps, brandissait une enveloppe assez épaisse et finit par la remettre à son frère. Elena suivait la scène avec une fébrilité non dissimulée.

Quand il vit le nom de l'expéditeur, le sang du garçon ne fit qu'un tour. Il s'agissait d'un envoi de Nicolaï Andreïevitch Oushakov.

— Mon Dieu, soyez béni ! soupira-t-il en ouvrant nerveusement l'enveloppe avec un couteau. Voici des nouvelles, enfin.

D'un geste fiévreux, le jeune homme extirpa de nombreux feuillets de cette enveloppe. Il y retrouvait l'écriture élancée de son ami. Près de lui, ses sœurs attendaient tout en le fixant des yeux. Elles se tordaient nerveusement les poignets d'impatience.

Pavel explora fugitivement les lignes et revint au premier feuillet pour en commenter l'essentiel aux deux filles.

— Je me demande bien par quel moyen ce courrier nous est parvenu, s'interrogea le jeune homme. Il est certain que Nicolaï ignorait notre adresse. Il faut certainement remercier la Providence. Elle a mis des postiers consciencieux sur le chemin de son paquet.

Dans la soirée, devant la famille Olougine entièrement réunie, Pavel entreprit de lire avec application le contenu de ce long récit. Nicolaï y expliquait plus particulièrement que son père avait rallié les armées blanches en Ukraine ou dans le Caucase. À la vérité, le fils du général Oushakov – son père avait été nouvellement promu à ce grade - ne savait plus très bien à quel endroit se trouvait son père au moment d'écrire.

— Où sont ses deux frères et sa sœur ? interrogea la jeune Evguenia. Que sont-ils devenus ?

— Ils ont été envoyés par le général en Crimée, répondit Pavel. Il tenait à ce qu'ils s'y réfugient.

Quant à Nicolaï, il était encore à Kiev, en compagnie de Grigori. Les parents de ce dernier, pour finir, s'étaient enfuis de Petrograd. Ils y avaient laissé leur confortable maison du quai Ekaterininskaia sans grand espoir de la revoir intacte. Leur projet, désormais, consistait à se rendre, eux aussi, dans la presqu'île de Crimée. Peut-être iraient-ils à Foros, ou peut-être à Yalta, peut-être à Balaklava. En attendant, il était devenu très compliqué de voyager dans ces temps incertains.

Les deux garçons voulaient, quant à eux, s'engager dans les rangs des armées blanches. En attendant, la vie publique était totalement instable à

Kiev. La ville était tantôt sous le joug des Allemands, tantôt sous celui des Polonais, puis c'étaient les nationalistes Ukrainiens qui se la disputaient sans cesse avec les bolcheviks. Il fallait donc se tenir à tout moment sur le qui-vive.

Enfin, Nicolaï annonçait dans sa lettre une nouvelle appréciable : il avait retrouvé le colonel Pantukhov à Kiev. Celui-ci venait d'arriver de Moscou. Nicolaï expliquait qu'il y avait courageusement défendu le Kremlin face à des régiments de matelots bolcheviks envoyés de Petrograd. Les bolcheviks avaient désarmé les défenseurs avant de les remettre en liberté, ce qui avait surpris ces derniers. Nombre d'entre eux s'étaient alors promis de rejoindre les armées blanches et de tenter à nouveau de sauver la Russie.

De la même façon que beaucoup d'autres, il semblait que Nina s'était, elle aussi, réfugiée quelque part en Crimée avec ses fils.

Ces nouvelles étaient arrivées fort à propos. Cela remettait du baume au cœur de Pavel et s'il avait pu recevoir aussi des nouvelles heureuses au sujet de Tanya, cela l'aurait rendu le plus comblé des hommes. Après tout, le jeune homme eut, grâce à cela, d'autant plus de cœur à l'ouvrage et ses collègues avaient remarqué qu'il était de bien meilleure humeur. Hélas un jour, alors qu'il était près de la rue Tarskaïa, le jeune homme avait aperçu tout un groupe en train d'écouter la harangue d'un bonimenteur ou d'un agitateur politique. Il avait trouvé ces hommes assez inquiétants, mais n'y aurait probablement pas plus prêté d'attention s'il n'avait reconnu l'un des meneurs. Il avait le visage entaillé d'une balafre. Il n'eut pas le moindre doute, il s'agissait de Boris Ivanovitch Ogarev.

Alors, le jeune Olougine avait enfoncé profondément son cou dans ses épaules. Il avait baissé la tête, enfoncé sa chapka tout en profitant, pour se cacher, des bouffées de vapeur de son haleine. Ensuite, il s'était précipité dans la première ruelle afin de disparaître avant d'être reconnu.

Durant le printemps, le froid sibérien sévissait toujours. On subissait, mais de plus en plus rarement, les blizzards issus de la steppe. Par contre il fallait toujours endurer, de temps en temps, des bourrasques de neige ainsi que le vent glacial et mordant qui parcourait souvent les rues d'Omsk.

Pavel, un jour, était égaré dans ses pensées. La plume en l'air, il s'était évadé de ses rapports à traduire et contemplait les derniers flocons voletant de l'autre côté de la fenêtre. Il se souvenait que dix années s'étaient écoulées depuis ce jour où, dans le parc de Pavlovsk, il se trouvait pour jouer sans se douter qu'un officier de la garde allait y transformer sa vie.

Le jeune homme avait alors aussitôt décidé de faire une petite fête afin de marquer cet événement. Le samedi qui suivit ce fameux 30 avril, il y eut donc un grand rassemblement. Presque tous les scouts et les guides y étaient. On y chanta puis on renouvela sa promesse. Il y eut beaucoup de mélancolie. Quelques larmes avaient roulé sur les joues.

Les participants, pour la plupart, avaient plus ou moins conscience au fond du cœur, qu'il n'y avait pas vraiment de possibilité d'envisager l'avenir. En fait, tout pouvait arriver, surtout les désastres, en tout cas le pire. Qu'adviendrait-il d'eux tous, en cas de prise d'Omsk ? Il était connu de chacun que les bolcheviks avaient désormais rejeté tout esprit de clémence et ce dont avaient bénéficié les *Junkers* à Moscou ne se reproduirait certainement pas.

Dans les bureaux de la mission française, on évoquait déjà la possibilité d'un départ. Des plans semblaient prêts. Le commandant Durette avait parlé de se replier sur Irkoutsk.

— Mon jeune ami, avait-il ajouté, s'étant tourné vers Pavel, je vous engage à nous accompagner. Vous nous êtes extrêmement précieux, bien sûr, mais cela serait aussi de toute façon pour votre plus grand bien. Réfléchissez-y.

C'est alors qu'on avait appris que Kiev était désormais tombée dans les mains des bolcheviks et cela depuis le début du mois de février. L'amiral Koltchak avançait puis reculait sans obtenir une avancée décisive.

Pavel était soucieux. Qu'étaient donc devenus Nicolaï et Grigori ? Depuis le long courrier du jeune Oushakov, il n'y avait plus eu la moindre nouvelle.

CHAPITRE 16
La nostalgie d'un temps révolu

Nicolaï et Grigori se trouvaient depuis dix jours à Kiev. Avec effarement, les deux scouts avaient constaté que le chaos régnant dans la ville était comparable à celui de Petrograd. Il avait suffi de quelques années pour incroyablement transformer les garçons, les sortant brusquement de l'adolescence et faisant d'eux précocement de jeunes adultes.

Au long des places et des avenues, ce n'étaient que meetings et défilés revendicatifs. Il y avait ceux qui tenaient pour les idées des bolcheviks, il y avait les partisans de l'indépendance en Ukraine, et les agitateurs ou les anarchistes encouragés dans l'ombre, insidieusement, par des agents Allemands.

Dans ce désordre indescriptible, il avait été difficile aux deux arrivants de trouver de quoi se loger. Les deux premières nuits, tous deux s'étaient réfugiés dans la salle d'attente, à la gare, où des bancs de bois inconfortables avaient tenu lieu de couchettes.

Aidés par la Providence, ils avaient finalement pu retrouver trace, après de multiples interrogations, de membres des unités scoutes existant à Kiev. Une visite à la *Pecherska Laura*, puis la compassion d'un moine, avaient permis d'en trouver la piste et celle-ci les conduisit jusqu'à leur premier contact. Après avoir parcouru plusieurs verstes, une chef de patrouille appelée Vera les avait menés dès le lendemain dans une cave où des responsables avaient installé leur *Chtab*. Elle avait probablement 16 ans, disposait d'une adorable bouille ronde aux jolies fossettes et portait deux nattes au blond cendré qui s'enroulaient sur les côtés.

Grâce à cela, les deux compères obtinrent un petit garni sur Andreïevsky Spousk.

— Si vous voulez, leur proposa la guide, on pourrait vous trouver du travail.

— De quelle manière as-tu deviné qu'on en cherchait ?

— Sans doute avez-vous besoin de vous nourrir et de payer pour un logement décent, fit remarquer Vera, l'air un peu moqueur.

Grigori lui avait demandé comment. Celle-ci leur expliqua que ses frères étaient employés sur un chantier de réparation du pont ferroviaire enjambant le Dniepr. Il avait subi quelques bombardements. C'est ainsi que les voyageurs avaient rallié toute une équipe de scouts à peu près de leur âge. Ils avaient à faire un travail assez difficile et le vent froid balayant le fleuve était plutôt pénible. Ils s'acquittaient cependant de leur tâche avec un courage indéniable. En fait, les deux garçons pensaient que cette occasion tombait à pic. En travaillant sur les voies ferrées, cela faisait un bon poste d'observation pour essayer de trouver le moyen de rallier les armées blanches. En outre, ils s'étaient fait de nouveaux amis dont ils savaient qu'ils pouvaient leur faire confiance. Enfin, Vera ne manquait jamais de leur apporter de quoi se faire un casse-croûte. Il semblait que ces scouts et cette guide inconnus leur étaient tout aussi proches en esprit que leurs amis de Petrograd.

Un jour où Vera s'était risquée à leur demander ce qui les amenait, Grigori lui avait raconté leur vie, tant à Tsarskoe Selo qu'à Petrograd.

— On est parti car, à Petrograd, il n'y a plus aucun espoir. Il n'y a plus rien à faire.

— Il faut reconstituer le cœur de notre Sainte Russie sur les frontières, avait suggéré Nicolaï, avant de reconquérir un jour le pays pour en faire un État moderne.

— Si vous découvrez le moyen de rallier les partisans de la Russie, m'emmènerez-vous avec vous ?

— Bien sûr Vera, lui garantit Grigori, mais seulement si tes parents sont d'accord. Tu es encore un peu jeune.

Assez régulièrement, Vera venait les voir après le travail et leur apportait quelques vivres. Elle apprit aux garçons qu'elle s'appelait Vera Dorochenko, qu'elle allait au gymnasium habituellement, mais qu'il n'y avait plus de cours. Ils aimaient bavarder. Cela passait la soirée dans la modeste soupente. On était bien loin de la vie confortable au N° 79 du quai Ekaterininskaia. Dans la famille Oushakov aussi, le niveau de vie permettait un bien-être appréciable. Il avait fallu que les garçons se retrouvent emportés par le conflit pour avoir enfin conscience de ce qu'ils avaient eu tout au long de leur enfance. Malgré tout, Nicolaï et Grigori s'étaient trouvé bien contents d'avoir obtenu près du marché bessarabien, quelque temps plus tard, un logement plus agréable. Ils économiseraient, de ce fait, plusieurs verstes de marche à pied chaque jour afin de rejoindre la gare et leur travail.

Un dimanche, étant de repos, les deux scouts avaient décidé de se rendre à la cathédrale Sainte-Sophie pour assister à la Divine Liturgie. Vera qui s'y trouvait les avait aperçus. Quand fut venu le temps des agapes, elle avait présenté les scouts à ses parents qu'elle accompagnait.

— Avez-vous des nouvelles de vos familles, avaient-ils demandé.

Grigori leur avait expliqué que les siens devaient être à présent quelque part en Crimée, cependant, le jeune homme était sans nouvelle et cela depuis leur départ de Petrograd. En ce qui concernait Nicolaï, il savait que sa mère était arrivée près de Yalta, dans un village au nom d'Alushta. Il ne précisa pas qu'il aurait aimé recevoir un mot d'Oksana, la sœur de son camarade. Il savait que c'était impossible.

Dans la conversation, les deux amis s'étaient étendus sur les derniers moments de vie de leur troupe et sur le départ de leur meilleur ami, Pavel, avec sa famille en direction de l'Oural et de la Sibérie.

— Vous n'avez pas essayé de lui envoyer de vos nouvelles ? avait demandé Vera.

Les garçons doutaient que cela fut possible. Elle évoqua l'idée d'envoyer une lettre, un peu comme une bouteille à la mer. Grigori savait qu'ils avaient l'intention de pousser jusqu'à Omsk. Vera convainquit Nicolaï. Il se promit de rédiger le récit de leurs aventures.

Le père de Véra les avait écoutés sans les interrompre. Il leur dit qu'ils seraient toujours les bienvenus chez les Dorochenko.

Le chantier, sur le pont, progressait. Déjà, les trains pouvaient le franchir à nouveau. Plus tard, un frère de Vera les avait prévenus qu'il faudrait passer chez ses parents.

Les Dorochenko résidaient dans la rue Liuteranska qui n'était pas très loin du logement de Nicolaï et Grigori, précisément dans l'impasse Kropivnitskogo. Les deux amis poussèrent ainsi jusque chez les parents de Vera.

Ils entrèrent et pour eux, ce fut une énorme surprise. Au salon se trouvait quelqu'un dont ils n'auraient jamais soupçonné la présence à Kiev. Il s'agissait d'Oleg.

Le colonel Pantukhov était vêtu simplement, portant une *guimnasterka*. Celui-ci s'était fait couper les cheveux en brosse. Il reconnut ses anciens scouts et leur fit fête.

— Comme vous avez grandi ! leur fit-il

remarquer.

Dans la conversation, l'ancien officier de la garde impériale avait fait part de son intention de rallier les armées blanches et les deux scouts avaient répliqué que c'était aussi leur idée, mais il n'y avait pas de trains pour le sud. Oleg expliqua qu'il se rendrait plutôt dans la région du Don. C'était par là que se regroupaient les troupes. De nombreux officiers et des élèves de Moscou l'accompagnaient, mais il essaya de dissuader Nicolaï et Grigori de le suivre.

— Allez plutôt en Crimée. C'est là-bas qu'on aura besoin de vous.

Le surlendemain, le colonel et ses fidèles embarquaient dans un train qui se rendait à Rostov-sur-le-Don.

Quelque temps plus tard, Une jeune fille allait à la poste. Il s'agissait de Vera qui déposa le paquet pour Omsk. Il contenait de nombreux feuillets. Les jeunes gens l'avaient adressé à Pavel Olougine, à Omsk, poste restante.

Dans leur logement, Nicolaï et Grigori s'étaient couchés depuis près d'une demi-heure. Ils ne dormaient pas encore et Nicolaï avait entendu sur une vitre de la fenêtre un bruit de gravier qu'on venait d'y projeter. Il y en eut un autre, et puis encore un autre.

Intrigué, Nicolaï alla voir à la fenêtre et distingua deux ombres en train de piétiner dans la neige. Il avait reconnu les frères de Vera.

C'est ainsi qu'ils s'étaient trouvés mis dans la confidence.

— Un train devrait partir au cours de la nuit, leur avait dit l'aîné. Prenez vos affaires et suivez-nous. Pour le reste, on s'en occupe.

Il neigeotait doucement. Quand ils furent au coin de la rue, juste avant de descendre en direction du marché bessarabien, Grigori vit une ombre sortant de l'obscurité. C'était Vera. Elle embrassa Nicolaï et puis Grigori, peut-être un peu plus longuement, peut-être un peu plus tendrement. Les garçons lui promirent de donner de leurs nouvelles et s'évanouirent aussitôt dans la nuit.

En gare de Kiev, un train se trouvait en voie de garage. Une locomotive environnée de bouffées de vapeur et de chuintements divers était attelée. Près d'elle, un énergumène aux allures d'officier s'agitait, brandissant un pistolet. Plusieurs compagnons réparateurs du pont l'accompagnaient, tandis qu'entre les voies, quelques groupes de personnes avançaient à tâtons. Une vieille femme essayait de se débattre en criant qu'elle ne voulait pas quitter Kiev. Une infirmière ne portait que sa tenue de la Croix-rouge en dépit du froid. Des gens emmitouflés traînaient de lourdes valises. Un homme offrit sa vareuse à l'infirmière et celle-ci la jeta sur ses épaules.

— Vous deux, venez avec-moi ! commanda l'homme au pistolet quand il aperçut les deux nouveaux venus. Savez-vous conduire un train ?

Bien évidemment, ni Grigori, ni son copain

n'avaient jamais envisagé la chose. Entendant leur dénégation, l'officier leur intima de monter dans l'abri de la locomotive et les y suivit quand il eut vérifié que les passagers fantomatiques étaient tous entrés dans les voitures.

L'homme avait alors ouvert le foyer. Il fit signe à Grigori de prendre une pelle et de charger le charbon. Un mécanicien, de son côté, manœuvrait des vannes et des robinets tout en surveillant les manomètres. Une fois qu'il eut constaté que la pression requise était atteinte, il éleva le bras, tira sur une chaîne et fit retentir un long coup de sifflet lugubre. Alors, il manœuvra le levier de l'inverseur et la locomotive, aussitôt, s'ébranla dans un concert affreux de grincements. Les roues patinèrent un instant, s'accrochèrent aux rails et patinèrent encore. On entendit les wagons s'entrechoquer, puis la rame avança doucement. Peu à peu, le train trouva la vitesse adéquate et s'enfonça dans la nuit.

— Maintenant, nous allons faire de vous de vrais chauffeurs de locomotive, indiqua l'homme.

À la lueur du foyer dans lequel on enfourna quelques pelletées supplémentaires, Nicolaï observait cet individu qui portait moustache et barbiche et ne ressemblait pas le moins du monde à l'idée qu'on pourrait se faire d'un employé de chemins de fer.

— Etes-vous cheminot ? lui demanda Grigori.

— Pas du tout ! lui répondit-il avec un grand éclat de rire. Disons que je serais plutôt ingénieur et spécialiste de l'aéronautique. Accessoirement, j'aurais été marin. À présent, je suis second-mécanicien de ce train. Quant à vous, vous en êtes les chauffeurs attitrés.

— Où-allons-nous ? lui demanda Nicolaï.

S'il plaît à Dieu, nous serons demain soir en Crimée. Nous allons d'abord à Simferopol. Ensuite, on verra.

Les garçons voyaient les débuts de cette aventure en les considérant d'un bon œil. Un vacarme assourdissant se produisit brusquement. Le train s'était engagé sur le pont qui traversait le Dniepr et puis cela cessa. Il fila désormais dans la nuit.

Dans les pinceaux des phares, il fallait que le mécanicien garde impérativement l'œil ouvert. Il s'agissait de vérifier les signaux car on s'était engagé sur une voie unique et les trains ne pouvaient s'y croiser que dans les gares.

Peu après, les deux apprentis chauffeurs avaient compris les gestes essentiels à faire. Le vrai mécanicien leur donnait des conseils et la monotonie ne tarda pas à les toucher.

Dans le but de lutter contre le sommeil et l'ennui, l'inconnu menait vivement la conversation. Quand il sut que ses deux recrues n'étaient autres que des scouts, et de Tsarskoe Selo de surcroît, celui-ci s'exclama qu'ils avaient été guidés jusque-là par leurs anges gardiens.

Ensuite, ils s'organisèrent et se constituèrent en deux équipes. Ainsi, Nicolaï accompagna le

mécanicien, tandis que Grigori le ferait avec l'homme au pistolet. Du coup, ces derniers s'installèrent en retrait dans le tender, et s'endormirent aussitôt.

Nicolaï avait tenté d'engager la conversation avec le mécanicien, mais celui-ci n'était pas très loquace.

— Connaissez-vous cet homme ? demanda-t-il en l'indiquant d'un mouvement de tête.

— Pour autant que je le sache, lui, répondit-il, c'est le beau-frère du tsar, le mari de sa sœur Xénia Alexandrovna.

— Du tsar ! s'exclama Nicolaï, instantanément suffoqué.

Se retournant discrètement, le scout observa l'homme endormi parmi des morceaux de charbon épars. La moustache et la barbiche, cela lui donnait effectivement un air de famille.

Quand son ami le réveilla pour le remplacer, Grigori grogna de la même façon qu'un ours qu'on dérange. Il était en train de rêver, revivant les derniers beaux jours à Petrograd ainsi que les terribles événements qui avaient provoqué l'effondrement du régime.

En février 1917, des troubles spontanés s'y étaient produits. Malheureusement, l'armée que l'on avait envoyée dans le but de contenir l'agitation, refusa d'obéir et bascula dans le camp des insurgés. Le tsar avait perdu le contrôle de la ville.

Le 15 mars, afin de tenter de sauver la dynastie, Nicolas II décida d'abdiquer, ce qu'il fit en faveur de son frère, le grand duc Mikhaïl. En fait, celui-ci renonça au trône. Il ne voulait l'accepter que par la volonté du peuple russe. Ainsi devait s'achever la dynastie Romanov. Alors, Lénine auparavant réfugié en Suisse, avait réintégré Petrograd. Il l'avait fait, grâce au soutien de banquiers allemands, pour entreprendre la conquête du pouvoir en s'appuyant sur les bolcheviks. En octobre, l'insurrection minutieusement préparée par ses soins conduisit à son triomphe. À l'ouverture du congrès des soviets de toute la Russie, Lénine prit la tête du nouveau gouvernement soviétique.

Ce fut un terrible hiver, que celui de 1917-1918. Tout vogua vers l'inconnu. On entendait des tirs sporadiques. Il y avait des perquisitions, des rondes de nuit. Les trams avaient disparu des rues. Des gens chargés de gros sacs étaient obligés de parcourir des dizaines de verstes chaque jour. À l'école, élèves et professeurs étaient obligés de garder leurs manteaux et les bonnets. Plus d'électricité ! Queues pour le bois, pour le charbon, pour le pétrole ! Certains vendaient les derniers meubles en échange de pommes de terre gelées. Les magasins se trouvaient quasiment vides. Il n'y avait plus d'eau, les canalisations se trouvant crevées par le gel.

Bien réveillé, Grigori s'était mis au travail. On fit un arrêt pour approvisionner le tender en charbon tout en le remplissant d'eau quand on fut à Ekaterinoslav. De même après le lever du jour. On était alors à Zaporojié. Nicolaï et Grigori s'étaient jetés sur le quai dans l'idée de s'y dérouiller les jambes et c'est alors que le jeune Oushakov avait aperçu la vieille dame entrevue la veille, au moment du départ. Elle était en train de marcher sur le quai de même, ainsi que d'autres personnes. Il eut alors un éclair. Avec son port encore altier malgré l'âge et la fatigue ainsi que les souffrances, il revit cette femme, à l'entrée du jardin de Tauride, et bavardant avec son chef de troupe.

— L'impératrice mère ! souffla-t-il à Grigori. Maria Fedorovna.

Quant à l'infirmière, il s'agissait de la grande duchesse Olga Alexandrovna, l'autre sœur du tsar, accompagnée par son mari.

À cet instant, tout un détachement de matelots armés, menés par un commissaire politique, était sorti de la gare et traversa les voies. Le train fut très vite encerclé, ses voyageurs étant tenus en joue.

CHAPITRE 17
D'Omsk à l'Extrême-Orient

Un grand dilemme avait accaparé l'esprit de Pavel Olougine alors qu'il se rendait ce matin-là vers son lieu de travail, à la mission française. Il était terriblement déçu car il lui faudrait renoncer à son emploi. Ivan Olougine avait obtenu qu'on lui confie des responsabilités plus importantes, or cela l'obligeait à se rendre à Tomsk. Alors, Pavel avait choisi de ne pas se séparer de sa famille. Il préférait perdre son travail. Il était décidé ! Le jeune homme accompagnerait ses sœurs et ses parents jusqu'à Tomsk. Après un long soupir, il en fit part au commandant Durette.

— Effectivement, c'est fâcheux ! lui avait fait remarquer l'officier français. Je vous apprécie beaucoup. J'aimerais vous garder, mais je comprends votre décision. Certainement, j'aurais fait de même à votre place.

Il eut un temps d'arrêt, semblant perdu dans ses pensées.

— Finalement, poursuivit-il, nous avons une antenne à Tomsk. Il se peut que vous puissiez nous rendre un grand service en vous trouvant là-bas. Je vais téléphoner. Je vous tiendrai au courant.

Il y eut un avis positif et c'est ainsi que la famille Olougine apprêta ses maigres bagages et se rendit à la gare.

— En cas de repli, lui avait précisé le commandant, rejoignez-nous, quoi qu'il arrive, à Irkoutsk.

Une fois la famille à Tomsk, elle avait trouvé plutôt facilement de quoi se loger dans la rue de la poste. Cette fois, ce fut dans une maison de bois sans étage. Elle était vieille, disposant de fenêtres ornées d'encadrements sculptés, mais semblait cependant chaleureuse et plutôt confortable. Elle se composait d'une vaste pièce et celle-ci servait pour le séjour. Un fourneau permettait de cuisiner, mais aussi de chauffer l'ensemble de la maison. Dans un coin, se dressait un lit. De l'autre côté d'une cloison, les filles occuperaient un autre lit. Dans le fond, se trouvait une chambre équipée d'un poêle en fonte. Il fut convenu qu'elle serait destinée aux parents.

Pavel avait rapidement pris contact avec ses nouveaux collègues. Ils étaient Russes et travaillaient pour la mission française et plus particulièrement pour le 2ème bureau. Leur tâche consistait à répertorier tous les mouvements bolcheviques à des verstes à la ronde. Dans le même temps, sans même avoir effectué la moindre recherche, il avait rencontré des responsables scouts et ceux-ci lui avaient trouvé des relations. C'est ainsi que Pavel était à nouveau devenu Chef de Troupe.

En quelques semaines, il avait retrouvé tous ses bonheurs. Il se souvenait de la façon dont Oleg usait pour enthousiasmer les scouts à Tsarskoe Selo. Il en fit de même, et bientôt, sa troupe acquit un rayonnement presque irrésistible auprès des adolescents des environs. Grâce à l'archevêque, une salle avait été mise à la disposition des unités tout près de la cathédrale de l'Épiphanie.

On lui avait présenté une ancienne guide de Petrograd. Elle était arrivée-là pour y suivre des études de médecine à l'université impériale. Le fils Olougine avait eu beau chercher dans ses souvenirs, il n'avait jamais rencontré la jeune fille. Elle arrivait à point nommé. Déracinée comme il l'était lui-même et cependant vivant depuis plus longtemps que le jeune homme à Tomsk, elle lui fit découvrir un peu de la ville et de ses environs proches, en dépit du temps sibérien qui sévissait durant hiver.

Non loin du confluent de la Tom et de l'Ouchaïka se trouvait la vaste place du marché. À deux pas se dressait la cathédrale de l'Épiphanie, de même que ses dépendances. Après avoir arpenté la ville et grimpé jusqu'à l'église de la Résurrection par la côte Efremovsk, admiré de magnifiques maisons de bois typiquement sibériennes au long des rues Obroub et Dukhovskaïa, les jeunes gens s'étaient précipités vers la Strelka, le port de Tomsk, afin de s'engouffrer dans le *Slavianska bazar*. Ils étaient gelés ! Le patron leur servit de la soupe et du lard en tranches.

Ensuite, la chapka enfoncée jusqu'aux yeux, les oreilles à l'intérieur, la jeune fille avait entraîné le nouveau venu chez l'archevêque Anatoly. Celui-ci s'occupait beaucoup des scouts et s'en trouvait très aimé.

— Je suis très heureux de vous connaître et de savoir que vous avez été formé par le colonel Pantukhov, avait-il affirmé. Vous serez toujours le bienvenu chez moi. N'hésitez pas à venir ici.

L'archevêque avait alors expliqué qu'il existait deux troupes de scouts à Tomsk, ainsi que deux compagnies de guides, à quoi s'ajoutaient quelques sizaines de louveteaux et de même en ce qui concernait les louvettes. Ils se réunissaient le plus souvent dans la salle affectée par lui-même aux unités scoutes.

À ses moments perdus, Pavel était venu plusieurs fois répondre à l'invitation de l'archevêque. Il y prit goût, très vite. Une discussion s'était instaurée sur les écrits du Père Ioannis et cela le conduisit à s'épancher, révélant quels étaient les liens qui l'avaient rattaché durant plusieurs années à la grande duchesse Tatiana Nicolaïevna. Depuis que l'on avait appris la fin tragique, à Iekaterinenbourg, de la famille impériale, il était hanté dans sa pensée par son amie. On racontait qu'en pleine nuit, la famille impériale avait été rassemblée dans une pièce de la maison de Ekaterinbourg où elle était emprisonnée, puis que des soldats s'étaient déchaînés, massacrant tout le monde à bout portant. Par contre, il se disait que le Tsarevitch Alexeï et l'une de ses sœurs, Anastasia ou bien Maria, n'auraient pas été retrouvés.

Certains des écrits du Père Ioannis étaient

éclairés désormais différemment dans son esprit. L'archevêque en lut un extrait : *Le véritable amour souffre volontiers les privations, les inquiétudes et les peines, endure les offenses, les humiliations, les défauts et les erreurs, si toutefois nul mal n'en résulte pour les autres. Il subit avec patience et avec douceur les bassesses et la méchanceté des hommes et s'en réfère au jugement de Dieu, — le Juge souverainement juste et qui voit tout, — en le priant d'éclairer ceux qui agissent dans l'obscurité de leurs passions déraisonnables.*

L'archevêque Anatoly referma le livre extrait de sa bibliothèque et regarda Pavel avec un regard empreint d'une infinie bonté.

— Les temps sont tourmentés, lui dit-il. Nul ne sait où nous allons. Nous sommes à présent dans l'obscurité qu'évoquait Ioannis de Cronstadt en rédigeant son ouvrage. À présent, c'est notre Foi, notre patience et l'amour de Dieu qui permettront qu'un jour, enfin, la lumière éclaire et réchauffe les cœurs meurtris. La lumière, à nouveau, s'étendra tout au long de notre patrie bien-aimée, la Russie. *Dieu est Amour*, expliquait Ioannis. *Par conséquent ceux qui Le prient doivent croire fermement que le Maître suprême leur donnera tout ce qui peut leur être utile avec générosité et avec amour, avec toute la prévoyance de sa Sagesse. Crois aussi que, en vertu de sa toute Puissance, ses dons te seront accordés au moment et dans le lieu où tu t'y attends le moins.*

L'hiver à Tomsk est long, mais il est surtout rigoureux. Ce n'est pas rare d'y voir des températures en dessous de − 40°. De ce fait, on organisait pendant ce temps-là beaucoup d'activités scoutes en salle. Il arrivait parfois, cependant, le temps se révélant plus doux, que la troupe aille en expédition jusqu'à la taïga qui n'était guère éloignée. On y faisait de grands feux allumés selon des techniques enseignées par des bûcherons, particulièrement des épluchettes de petites bûches de bouleau sec enrobées de cire. Pavel en profitait pour obtenir des renseignements de villageois. Tout était calme. Aucun bolchevik, alors, ne semblait se manifester dans les environs.

Lorsqu'on était au local, il arrivait souvent que l'archevêque y vienne. Cet homme était toujours doux, simple, et cependant restait assez majestueux dans sa façon d'être aux yeux des enfants. Monseigneur Anatoly parlait volontiers tant avec les scouts qu'avec louveteaux. Le religieux savait semer des graines sacrées dans les âmes de tous ces enfants.

Au cours de l'été, les unités s'étaient installées dans un environnement bocager se situant à quelques verstes de Tomsk. On avait planté vingt tentes et construit des cabanes afin de loger le reste des jeunes. Pavel y avait offert à peu près tout ce qu'il avait reçu durant ses propres années de scout. Il était heureux de remarquer les bouilles épanouies de ces enfants que ne touchait quasiment pas la situation de guerre civile.

La rentrée s'annonçait paisible et c'est à ce moment que des nouvelles inquiétantes étaient parvenues d'Omsk. Un message issu du commandant Durette annonçait qu'on préparait l'évacuation de la mission française et que les contingents de la légion tchèque et de l'armée blanche étaient en train de se replier. L'armée rouge avançait quasiment sans obstacle. Il était évident que Tomsk allait tomber sans résistance. Il n'y avait d'autre option pour les habitants que d'accepter la vie sous le nouveau régime ou de partir en choisissant l'exil.

Aux alentours de novembre, il y eut des escarmouches aux environs. L'armée rouge était aux portes de Tomsk. Après, ce fut l'enfer ! Les Olougine avaient fui vers Irkoutsk en prenant un train. Pavel était resté pour être en situation d'informer le commandant Durette. Il était convenu qu'il devrait attraper le dernier train. Beaucoup de guides et de scouts avaient suivi leurs familles en direction d'Irkoutsk. On savait qu'en restant, ces derniers courraient de grands dangers. L'archevêque Anatoly, quant à lui, préféra rester. L'avenir était sombre et cependant le bon prélat savait qu'il pouvait espérer la lumière de l'Amour du Christ.

Vers la mi-décembre, on entendit des tirs sporadiques aux alentours, et puis cela se rapprocha.

Depuis que sa famille avait quitté la cité, Pavel avait trouvé refuge à l'hôtel Europe. Il n'y avait bien évidemment plus aucune activité scoute et celui-ci rongeait son frein, visitant parfois quelques amis dont l'inquiétude allait grandissant. Il avait revu l'archevêque Anatoly qui lui recommanda de partir au plus tôt. Les premiers éléments de l'armée rouge étaient déjà dans la ville et l'on entendait des tirs et des explosions.

Pavel et ses collègues avaient quitté l'hôtel. Il fallait traverser la place du marché, puis passer le pont-vieux, mais des tirs croisés les en empêchèrent. En se retournant, Pavel aperçut des soldats coiffés de la *boudionovka* qui progressaient rapidement, dirigés par un officier. Jouant le tout pour le tout, le jeune homme et ses compagnons se précipitèrent en direction du lit de l'Ouchaïka. La rivière était suffisamment gelée pour qu'on puisse en traverser le cours à pied. Une mitrailleuse à ce moment balaya la place du marché. Les balles instantanément sifflèrent. Aussitôt, les fugitifs avaient plongé dans des congères. Ils progressèrent en rampant. Pavel allait se relever pour escalader l'autre côté quand il sentit quelque chose de froid sur sa nuque. Il comprit que c'était le canon d'un pistolet.

— Cette fois, je te tiens, maudit blanc ! s'écria celui qui tenait Pavel en joue. Je ne te raterai plus, sale espion des ennemis du peuple !

Lentement, Pavel avait tourné la tête. Il se trouvait devant cet officier rouge entraperçu plus tôt. Son visage était de ceux que l'on ne peut oublier. Pavel Olougine avait immédiatement reconnu Boris Ivanovitch Ogarev. Ce dernier lui avait, du bout de son arme, intimé l'ordre de se lever tout en faisant de même. Il posa cette fois le canon du pistolet sur la tempe de Pavel et celui-ci ferma les yeux.

Il n'y eut qu'un sifflement, puis une explosion

proche. Un souffle violent projeta Pavel au milieu d'un vaste coussin de neige, incroyablement poudreuse, au bord de l'Ouchaïka. Reprenant ses esprits, le scout eut un regard en arrière. Ogarev était en train de se débattre en plein milieu de l'eau glacée, parmi les débris de la banquise. Un obus de mortier venait de briser la glace.

Se ressaisissant, Pavel avait escaladé précipitamment l'autre rive et rejoint ses compagnons, puis ils s'étaient engouffrés tous les trois dans des ruelles afin de filer vers la gare au plus vite. Il y avait bien trois verstes à parcourir et Pavel espérait que le train serait encore là. Rendant grâce à Dieu pour ce coup de pouce absolument providentiel, il imagina que Tanya, peut-être, avait intercédé pour lui.

On entendait toujours les combats du côté de la Strelka. Le garçon pria brièvement pour monseigneur Anatoly.

Quand ils furent à la gare, essoufflés, le train s'y trouvait encore et la locomotive était sous pression. Il attendit encore un peu, mais plus personne arrivait. Un officier blanc donna l'ordre de partir au mécanicien.

Pavel et ses compagnons se trouvaient dans une *teplouchka* chauffée par un poêle en briques. Il y faisait bon, mais il mit un moment pour se réchauffer. Le train filait vers Irkoutsk. Il avait rejoint la ligne transibérienne à Taïga. Parfois, des villages incendiés faisaient des tâches noires au milieu des étendues de steppe immaculée. Lors d'un ralentissement, les voyageurs aperçurent en contrebas les wagons renversés d'un autre train qui se couvraient lentement de neige. Ils se dirent à ce moment-là que les armées blanches étaient en difficulté.

Dans les gares, on voyait d'autres trains fuyant de même en direction de l'Est. Ils étaient souvent gardés par des soldats de la légion tchèque. À Krasnoïarsk, ils attendaient par dizaines et repartaient les uns derrière les autres. On sentait comme une atmosphère de *sauve-qui-peut*. Ce que redoutait Pavel était en train de se produire. Arriverait-il à retrouver sa famille ? Un sentiment de culpabilité l'envahissait.

Kainsk, Taïchet, Nijneoudinsk,… On approchait d'Irkoutsk et cependant, Pavel était agacé par ce train qui n'avançait pas assez vite à son gré. Il ne pouvait pas faire autre chose que penser. Nicolaï et Grigori, où se trouvaient-ils ? Étaient-ils encore en vie ? Oleg et Nina, les Bolkonsky, le général Oushakov et son épouse ? Il avait cependant au moins la certitude que Tanya, Alexeï, ainsi que leurs sœurs et leurs parents se trouvaient désormais dans un monde où la Paix régnait pour l'éternité.

Le jeune homme était ainsi perdu dans sa méditation quand ils arrivèrent enfin dans la gare d'Irkoutsk. Il y régnait la confusion la plus invraisemblable et les trains, là aussi, stationnaient en grand nombre. Avec ses compagnons, Pavel arpenta les voies quelque temps pour se renseigner. Des sentinelles étaient postées près des convois pour en contrôler l'accès. Il s'agissait, pour la plupart, de trains des missions étrangères et cela devait fournir une lueur d'espoir à Pavel. Ils avaient ainsi longé le train des Britanniques et du général Knox. Il se disposait à partir. Il y avait près de là tout un convoi de la Croix-Rouge américaine. Un officier leur indiqua celui du général Janin. Sauvés ! C'était celui de la mission française.

On entendait au loin des rafales et des tirs intermittents. Du côté de la ville, il semblait que c'était la débâcle. On conduisit les trois arrivants jusqu'au wagon du commandant Durette et celui-ci se montra soulagé de les revoir. Il leur décrivit le chaos qui régnait en ville et leur expliqua qu'il ne croyait plus que les armées blanches aient la capacité de redresser la situation. Des factions rivales occupaient le terrain. Les bolcheviks approchaient. La légion tchèque était de moins en moins fiable. Il faudrait, de toute évidence, à nouveau filer vers l'Est.

— Auriez-vous des informations qui pourraient m'aider à trouver ma famille ? avait demandé Pavel, extrêmement préoccupé. Pourrais-je obtenir de la faire embarquer dans ce train ?

Le commandant Durette avait parfaitement décelé l'inquiétude éprouvée par le jeune homme. Il indiqua qu'il était inutile à présent de partir à leur recherche en ville, ainsi que Pavel en avait manifesté le désir. Ils ne s'y trouvaient plus.

— Ils sont partis dans un train de réfugiés, voici deux jours, en direction d'Harbin, avait-il annoncé.

Nous reverrons-nous un jour ? avait alors pensé le jeune homme en soupirant profondément.

Malgré la situation catastrophique, on avait fêté

Noël et les différents trains s'étaient animés d'une liesse éphémère. Il fallut patienter jusqu'au 2 janvier pour que le convoi s'ébranle. Entre-temps, Pavel était allé plusieurs fois flâner sur le bord de l'Angara, contemplant la cité qui subissait des bombardements, puis les blancs tentèrent une dernière fois de reprendre en main la gare occupée par une autre faction. Des balles avaient sifflé par-dessus des voitures et même entre les roues. Un train blindé tirait à coups de canon.

La question du personnel civil russe appointé par la mission se posait. Devait-on le laisser-là ? Grâce à Dieu, les employés russes apprirent incidemment la bonne nouvelle : on les emmènerait plus loin. Finalement, la destination du convoi serait Harbin, en Mandchourie. Cela rassura Pavel. Il avait désormais l'espoir, à l'arrivée, d'y retrouver sa famille.

Ainsi, le voyage avait continué, longeant le lac Baïkal aux féeries hivernales et franchissant plusieurs jours après la frontière en laissant dans le cœur de Pavel un relent d'amertume. Il se demanda s'il reverrait un jour la Sainte Russie. Il ne se doutait pas alors que son voyage allait se poursuivre au-delà d'Harbin en compagnie de scouts-marins venant de Vladivostok.

Ayant retrouvé sœurs et parents, la famille au complet poursuivrait son odyssée puis s'installerait en Chine, à Tien-Tsin. Alors, Pavel aurait la joie d'y trouver plusieurs unités de scouts Russes et de s'investir auprès d'eux pour leur procurer tout ce qu'il fallait d'espérance en des lendemains meilleurs.

CHAPITRE 18
1919
Le grand-jeu du bastion N°3

Nina venait de parvenir au sommet du mont Malakhov. Elle était essoufflée, mais ses deux fils avaient escaladé les escaliers d'une seule traite. Il faut dire ici que le jeune Oleg et son frère Igor étaient tout excités. Leur impatience était irrépressible à l'idée de retrouver leurs amis louveteaux.

Lorsqu'ils eurent été confiés, près du vieux fort, à leur Akela, chef Solonievitch, un besoin de souffler l'avait entraînée vers un banc qui dominait la rade. Elle s'y installa. Rien ne pressait. Longuement, son regard embrassa le paysage. Elle aimait finalement Sébastopol. Initialement, cela n'avait pas été le cas. Lors d'un précédent séjour, il lui avait semblé que la ville était triste et terne. À présent, Nina lui trouvait plus de charme. En la parcourant de long en large, il lui était apparu bien des attraits.

Du belvédère où se trouvait la maman d'Oleg et d'Igor, une vue remarquable embrassait l'horizon depuis les collines de Sapoun à l'est au quartier de Sieviernaïa, par-delà la rade, à l'ouest. À ses pieds, plusieurs calanques en contrebas faisaient fonction de darses. On y distinguait des navires amarrés. Bien au-delà, la rade était fermée par la jetée partant du fort Constantinovsky. Plus loin, c'était l'horizon. La Mer Noire était ce jour-là d'un bleu léger, couverte d'un voile à l'aspect délicatement vaporeux qui semblait revêtir les flots immobiles.

Au cours de l'année 1917, Alors qu'Oleg Ivanovitch était à Massandra pour sa convalescence au sanatorium et qu'elle était venue le rejoindre avec leurs enfants, Nina se rappelait d'avoir observé souvent ces eaux diaphanes inspirant la paix. Depuis leur retour à Sébastopol, elle avait bénéficié de centres d'intérêt qui s'étaient ouvert à son esprit : les vestiges antiques de Chersonèse où fut baptisée la Russie, le *Panorama* qui présente une extraordinaire peinture à 360° de la fin du siège de 1856, les carrières d'Inkerman, au bout de la rade du nord. Elles abritaient de nombreux troglodytes et plus particulièrement le monastère de Saint Clément, littéralement enchâssé dans la falaise. Il lui remémora le souvenir de la famille impériale. On lui avait expliqué que l'empereur, l'impératrice et leurs enfants séjournèrent à cet endroit plusieurs fois. Ils résidaient alors dans une maison qui se situait juste au-dessus. Soudainement, la tristesse avait marqué les traits de Nina. Elle pensait aux pauvres jeunes filles ainsi qu'à leur frère et leurs parents. L'aboutissement de leurs vies les associait, victimes innocentes, au sacrifice du Christ.

Nina se demanda comment Pavel avait réagi quand il avait appris la disparition de Tatiana. Depuis son départ de Petrograd, il n'y avait plus eu le moindre signe de vie de la famille Olougine. Aurait-il été tué, lui aussi ? Grâce à Dieu, Nina s'était sentie réconfortée quand on avait vu réapparaître un jour Nicolaï et Grigori. Les garçons lui avaient conté leur aventure absolument rocambolesque. Ainsi les avait-elle conduits jusqu'à Simferopol en compagnie du grand-duc Alexandre Mihaïlovitch. Des matelots bolcheviks avaient investi le train, mais n'étaient pas en accord avec le commissaire politique qui les menait. Nicolaï et Grigori s'étaient échappés durant l'arrêt de Simferopol en se faufilant sous les wagons. Le grand-duc, l'impératrice mère et leur suite avaient continué le voyage en direction du sud. Les garçons s'étaient mis en chemin vers l'ouest en profitant de l'offre d'un paysan qui les conduisit dans sa télègue à proximité de Bakhchisaraï. Ils avaient dormi là dans du foin, puis continuèrent à pied. Les environs de Sébastopol étaient très fortement gardés, mais on les laissa passer car ils étaient vraiment d'allure inoffensive.

Nina soupira. Pourquoi fallait-il endurer des temps si terribles ! Ici même, à Sébastopol, il était arrivé que des soviets de matelots se soient rendu coupables d'un massacre d'officiers par centaines, en une nuit, dix-huit mois plus tôt.

Par chance, on avait retrouvé le calme. Il était assez relatif et c'était le flux des réfugiés qui bousculait la vie quotidienne à travers la cité maritime. Il y avait parmi ces derniers des scouts et des guides en si grand nombre et si motivés qu'il avait fallu créer plusieurs unités. C'est ainsi que l'on disposa d'une troupe de scouts marins qui avait élu domicile à bord d'un vieux rafiot qui ne pouvait plus naviguer. Une autre troupe était composée d'éclaireurs. Il y avait des guides ainsi que des louveteaux. Nicolaï et Grigori, toujours aussi complices, avaient bien évidemment proposé leurs services. Ils épaulèrent ainsi le chef des éclaireurs. Avec la troupe, ils étaient partis la première fois pour une expédition jusqu'à la rivière noire. Une autre fois, les garçons devaient bivouaquer dans des grottes, au flanc de Vorontsova gora. Ce n'était pas très loin d'un ancien bastion du siège de 1855. Il s'agissait d'ailleurs, et plus précisément, du bastion n°3. Grigori se souvenait des récits qu'en avait fait Lev Tolstoï, alors *Poroutchik*. Cette histoire avait suggéré l'idée d'en faire un jeu. De ce fait, on avait bâti des redoutes, ainsi que le grand romancier les avait décrites. On avait confectionné des fascines. En plus, ils avaient reconstitué des fortins de rondins puis on avait réparti les forces. Il fut décidé que la troupe assurerait la défense, alors que les scouts marins seraient les assaillants Anglais et Français. Quant aux guides, elles avaient installé tout près de là ce qui pouvait passer pour un lazaret. On y devait passer des épreuves à chaque fois qu'on s'était fait toucher par un projectile. En réalité, ces projectiles étaient des balles en tissus bourrées de son qu'on avait roulées dans la suie.

Les chefs de patrouille avaient bien fait les choses. Il y en avait un qui venait de Syzran, une ville au bord de la Volga dont les scouts avaient acquis la réputation d'être serviables et plein de débrouillardise. Un autre CP s'appelait Ravil Iarulin et Grigori pensait qu'il était Tatar. C'était un garçon plutôt râblé qui avait d'abondants cheveux noirs et les yeux légèrement bridés. Nicolaï et Grigori le trouvaient dur à la tâche. Il avait bâti rapidement le fortin principal avec ses scouts et ceux-ci pensaient qu'il était imprenable.

Andreï Ivanovitch Simonov avait plutôt des talents de tacticien. Ses années passées dans le bassin de la Volga lui avaient permis de fréquenter des chefs extrêmement compétents. Sa formation, sa progression personnelle, avaient fait de lui quelqu'un de réfléchi qui pouvait analyser, puis anticiper, les actions d'un adversaire. Il s'entendait pour cela merveilleusement bien avec l'un des deux autres CP, Tarass Ioujko.

Durant l'après-midi, les scouts marins qui portaient des défroques afin de suggérer les uniformes des zouaves étaient montés sans crier gare à l'assaut. Sur le mamelon d'herbe rase où se trouvaient parsemées des fleurettes de montagne, on distinguait les nuages des impacts alors que des brancardiers se chargeaient des *blessés* pour les porter jusqu'au *lazaret*. Plusieurs fois, l'assaut manqua de réussir. À chaque fois, les contre-attaques imaginées par Andreï et Tarass emportaient la décision. Nicolaï était épaté par l'acharnement des plus jeunes. Il encourageait ceux qui lâchaient prise afin qu'ils rentrent à nouveau dans le jeu. On fit des prisonniers qu'il fallut enfermer dans une grotte et, pour finir, il arriva que les assaillants renoncent à batailler. Leur chef avait fini par se résoudre à réclamer l'armistice et cela fit mentir l'Histoire, au grand plaisir des garçons dont les hurlements de victoire avaient vibré parmi les cavernes, au flanc du vallon.

Quand il retrouva Nicolaï à la fin du jeu, Grigori lui fit remarquer qu'il aurait été plus judicieux de prévoir un thème évoquant plutôt la paix. Les garçons, pour la plupart, avaient connu des moments difficiles et leurs parents vivaient dans l'inquiétude à propos de leur avenir. Nicolaï était moins poète ou philosophe. Il pensait tout simplement que les scouts appréciaient de pouvoir ainsi se défouler.

En fin de journée, les deux amis s'en étaient retournés vers leur logement, dans une venelle adjacente de Bolskaïa morskaïa ulitsa. Passant près de l'état-major de la flotte de la Mer Noire et de la cathédrale des 4 amiraux, ils se trouvaient devant le logis des Pantukhov. Ils s'y arrêtèrent un instant. Les garçons voulaient conter les péripéties du week-end. Ils furent accueillis par Nina, tout enjouée comme à son habitude.

— Vous tombez bien ! leur dit-elle. On a de la visite.

Ils retrouvèrent alors avec joie Vera, ses frères et ses parents. En découvrant les garçons, la jeune fille avait dévoilé son plus rayonnant sourire et Grigori le lui rendit volontiers.

Il avait fallu trouver de quoi loger les Dorochenko. Nicolaï avait pensé tout de suite à la paroisse Saint-Clément. Il en avait remarqué l'église au bout de Bolskaïa morskaïa ulitsa, sur la place Amiral Oushakov, un de ses grands-oncles. Elle était relativement modeste. Alors, le jeune homme avait pensé que les paroissiens n'avaient peut-être pas été sollicités jusque-là. Nicolaï avait vu juste. Il avait été bien reçu par le prêtre et celui-ci recommanda les Dorochenko lors de sa messe. Il s'agissait du lieu de culte de catholiques romains. Des paroissiens les avaient ainsi pris en charge. Les parents furent hébergés chez l'un d'entre eux, dans une chambre inoccupée. Les enfants dans la maison du prêtre.

Dès que l'occasion s'en présenta, les jeunes Dorochenko se joignirent à Nicolaï et Grigori pour aller dans les environs récolter des fruits sauvages et des légumes. Il était très important de subvenir aux besoins des réfugiés. Les scouts allaient de plus aider les paysans pour les récoltes et ceux-ci leur donnaient des surplus. Le reste du temps, les amis se retrouvaient dans les parcs ou sur les quais. Bien évidemment, les Dorochenko se joignirent assez vite à la bande et c'est ainsi que Vera put retrouver Grigori Bolkonsky dans le haut des marches du Grafskaïa pristan. Ils s'étaient arrêtés-là quelques instants, sous la porte monumentale ouverte sur un appontement qui se situait en contrebas, pour y contempler les eaux de la rade.

— As-tu retrouvé tes parents ? demanda la jeune fille à Grigori.

— Oui et non, lui répondit-il. Ils sont toujours aux environs de Yalta. Nous irons camper là-bas cet été. C'est un endroit magnifique et cela fera forcément plaisir aux scouts. En plus, ce sera pour moi l'occasion de retrouver ma famille.

Elle avait aussi demandé des nouvelles au sujet des parents de Nicolaï. Alors, Grigori lui fit comprendre en quelques mots que c'était un sujet douloureux pour son ami.

Ensuite, ils avaient essayé d'imaginer, tout en

flânant sur le quai, ce que serait désormais leur avenir. Il était malheureusement impossible à déceler.

Le camp se déroula comme il avait été prévu. Les scouts avaient été transportés dans des camions militaires et ce long voyage inconfortable avait débouché sur un cadre idyllique. On avait planté les tentes à flanc de montagne, à proximité du rivage aux eaux transparentes, en contrebas du sommet d'Ai-Petri. Oleg Ivanovitch avait apporté sa contribution. Les anciens de Pavlovsk avaient immédiatement pensé qu'ils étaient revenus dix années plus tôt. Cependant, ils faisaient désormais partie de l'encadrement. Oleg avait été récemment désigné, quant à lui, grand chef des scouts Russes. Au camp, Nicolaï appréciait de plus en plus Andreï Simonov et des liens d'amitié se tissaient peu à peu. Le CP lui racontait souvent ses propres aventures à Syzran et sur les bords de la Volga. Cela changeait les idées de Nicolaï. Il en avait besoin. Le jeune homme avait le cœur gros car il n'avait pas retrouvé sa mère à Aloushta. Il n'avait, de ce fait, pas obtenu la moindre nouvelle de son père, ainsi que de sa sœur et de ses frères. Nicolaï était triste aussi de n'avoir pas revu la sœur de Grigori. Celle-ci ne s'était pas manifestée. Un sentiment d'indicible inquiétude envahissait son cœur. Il se sentait perdu.

Si l'on n'avait pas aperçu, çà ou là, des vaisseaux de guerre aux panaches endeuillés de fumée noire à l'horizon, le camp se serait déroulé dans un climat de paix totale et de joie. Quel bonheur, au matin, d'entrebâiller les pans de toile et d'illuminer la tente en ayant devant soi l'horizon flamboyant de la Mer Noire au raz d'une côte escarpée. Il faisait bon. La journée serait certainement délicieuse et bien remplie, garantie de tout souci. Cela comporterait peut-être un plongeon dans les eaux cristallines où foisonnaient des poissons divers et s'achèverait le soir, autour d'un grand feu, dans les chants et les rires.

À chaque fois qu'il le pouvait, Grigori s'échappait du camp pour aller jusqu'à la datcha qu'occupaient ses parents. Ceux-ci lui avaient paru tristes. En fait, ils étaient rongés d'inquiétude. On avait des nouvelles alarmantes. L'armée rouge était en train de marcher vers l'isthme de Perekop. Les bolcheviks étaient maintenant capables de concentrer leurs forces et d'attaquer la Crimée. Le général Denikine avait subi d'importants revers. Il ne s'entendait pas avec Wrangel. Après avoir été libérée de son front polonais, l'armée rouge affluait. Les blancs ne pouvaient plus espérer résister longtemps.

Très vite, il fut admis que le salut des réfugiés ne serait trouvé que dans l'exil. On avait déjà rassemblé des dizaines et des dizaines de navires à l'intérieur des ports de Feodosiya, Kerch, Yalta, Sébastopol. On savait qu'il en avait été de même à Nicolaïevsk et Odessa, sur la côte sud de l'Ukraine. Des milliers de gens hagards avaient entrepris de se regrouper près des quais, dans les entrepôts du port.

À l'initiative de certains de leurs chefs, les scouts essayèrent de se rendre utiles. Ainsi, les garçons, mais aussi les guides, avaient entrepris de servir. Les uns travaillaient à la distribution de soupe ou pour la préparation de *kasha*. Les autres participaient aux missions de la Croix-Rouge. On voyait des gens de toutes classes sociales, unis dans un dénuement totalement identique. Il y avait des paysans, des petits commerçants mélangés à des familles nobles, à des femmes d'officiers ou de gouverneurs de province. Ils dormaient tous à même le sol et ne possédaient rien d'autre que les vêtements qu'ils portaient sur le dos. Une femme aux yeux délavés déclarait qu'elle ne souffrait plus de rien. Elle était l'épouse d'un très haut fonctionnaire assassiné par des révolutionnaires. Autour d'elle, on avait massacré sa famille, ses enfants. Désormais dans le dénuement le plus complet, l'avenir avait perdu tout sens à ses yeux ?

Grigori s'était occupé de rassembler les chefs de patrouille et les seconds de même que Nicolaï et les frères de Vera. Ils devaient aider des cosaques à canaliser les queues de réfugiés qui patientaient devant les échelles de coupée des navires à quai. Vera venait leur apporter de quoi manger dans des bouteillons. C'était chaque fois du *kasha* qui n'était pas très appétissant. Cela dura près de deux semaines. Oleg et Nina s'étaient embarqués, partant avec leurs deux louveteaux : Oleg junior et Igor. On s'était dit au-revoir. Il y avait à la fois, dans ces adieux, de l'espoir et de la détresse. À leur tour, d'autres scouts et leurs familles étaient partis. Certains préféraient rester, faisant le pari, comme les parents de Ravin Iarulin, de se faire oublier des autorités bolcheviques.

Les Dorochenko s'étaient entendus pour ne pas se laisser séparer de Nicolaï et Grigori. Andreï et sa famille étaient aussi toujours à Sébastopol. Aux alentours du 20 novembre, ils embarquèrent ensemble

à leur tour. Il était temps. Le bruit courrait que des bolcheviks étaient en train de se manifester déjà parmi la population dans la ville.

Ils se retrouvèrent enfin sur un vieux cargo dont on pouvait imaginer que ce serait probablement le dernier voyage. Au moment de l'appareillage, les amis se faufilèrent au milieu de passagers hébétés vers la poupe. Ils voulaient voir une ultime fois les rivages de leur Patrie.

Le bateau s'était lentement séparé du quai, tout en culant sur son aussière arrière. Un panache épais de fumée noire était en train de s'élever de la cheminée. Le rafiot mit alors en *avant-lente* et s'engagea dans la rade en direction de la passe.

De la poupe, on voyait s'éloigner le Grafskaïa pristan et la ville, au-dessus de lui. Le sillage évoquait la distance éloignant déjà les exilés de leur Mère-Patrie, la Sainte Russie. Un peu sur la gauche, au-dessus du quartier de Sieviernaïa, l'église Saint-Nicolas dressait sa pyramide étrange et cela semblait une marque de navigation spécifiant le point de départ, à ce moment précis, d'une errance incertaine, aventure involontaire à la destination cachée.

L'air était frais. Vera s'était frileusement rapprochée de Grigori. La côte, au loin, s'éloignait. La passe était franchie. Le vieux fort Constantinovsky semblait saluer le navire en partance. Un peu plus loin, sur la droite, on distingua bientôt le dôme de Saint Vladimir. Une émotion considérable avait saisi les passagers. Les gorges étaient serrées, les yeux humides. Une larme roula sur la joue de Vera. Grigori la prit par l'épaule et l'enveloppa de son bras, la serrant doucement contre lui.

La navigation se poursuivit durant plusieurs jours et comportait des conditions de vie pénibles. Un veilleur annonça terre. On approchait de la Turquie. Des minarets se dressèrent. On entra dans le Bosphore et le navire approcha d'une île à proximité de Constantinople. Il fallut débarquer-là. Grigori ne lâchait plus Vera. Ces deux-là trouvaient le réconfort en unissant leurs cœurs.

Au débarquement, des soldats Français, des équipes médicales et des infirmières de la Croix-Rouge accueillaient les réfugiés. Nicolaï aperçut très vite, avec un plaisir évident, qu'il y avait aussi près du débarcadère un petit groupe de scouts avec un semblant d'uniforme. Il appela les autres et tous, ils se dirigèrent vers eux.

— Nous sommes aussi des scouts, avait annoncé Nicolaï. Pouvons-nous vous rejoindre ?

— Bien sûr ! avait répondu celui qui semblait le chef. On essaie de regrouper tous les scouts. Il y a tout un campement qui s'est constitué sur l'île de Prinkipo. Venez avec nous !

Avec quelques autres, ils embarquèrent aussitôt sur une felouque et rallièrent une île voisine. On leur fit fête à l'arrivée. Des scouts étaient là par dizaines, avec en plus leurs familles.

À ce moment-là, Grigori vit Nicolaï Oushakov, immédiatement, prendre ses jambes à son cou. Ce dernier s'était précipité vers un petit groupe de gens. Le garçon venait tout simplement de retrouver sa mère et lui prodigua des effusions émouvantes. Ensuite, il embrassa sa sœur Sofia puis ses frères Alexandre et Sergeï. Comme ils avaient changé ! Enfin, il se retrouva tout interdit devant Oksana.

— Tu ne m'embrasses pas ? lui demanda-t-elle.

Il le fit sans hésiter.

— Comme j'ai eu peur qu'on ne se revoie jamais, leur dit-il. Où est père ?

— Il a lui aussi quitté la Crimée, répondit Irina Sergueïevna. Ton père est en compagnie de l'État-Major de Wrangel à bord d'un vaisseau français, le *Waldeck-Rousseau*.

Irina lui précisa qu'elle avait eu vraiment peur, elle aussi. Celle-ci savait par les Pantukhov que son fils aîné se trouvait à Sébastopol. Elle avait craint que Nicolaï ait été contraint de rester.

Du côté des scouts, Oleg Ivanovitch avait aussitôt repris les choses en main. De nombreuses unités venaient d'être créées sur l'île et les activités reprenaient tant bien que mal. Andreï avait reconstitué sa patrouille. On désigna Grigori pour être chef de l'une des troupes. Nicolaï en eut une autre en charge et les filles avaient rejoint les guides. Oleg Olegovitch et son frère Igor avaient réintégré les louveteaux.

Plus tard, après quelques hésitations, Grigori présenta Vera Dorochenko à ses parents. La jeune fille plut tout de suite à la comtesse et son mari fit à Grigori de nombreux compliments sur son choix. Oxana, de son côté, fit remarquer qu'elle attendait de sa future belle-sœur d'être aussi son amie.

Peu à peu, la communauté des scouts, à Prinkipo, s'installa dans une vie tout à fait bizarre et cela devait ainsi durer quelques années.

CHAPITRE 19
1924
Le rendez-vous promis

Depuis quinze ou vingt minutes, un jeune homme attendait sur le parvis, devant la cathédrale. Il allait, venait nerveusement. De grands palmiers frémissaient tout près sous les effets du vent de mer. Il était presque midi. Le soleil approchait de son apogée, paraissant écraser les maisons du voisinage aux façades estompées dans l'ombre. Une torpeur indéfinissable avait saisi Nice.

Nicolaï était très nerveux. Quelques jours auparavant, le pli bleu d'un télégramme avait été déposé chez sa logeuse. Il en avait encore le cœur battant. La nouvelle était brutale. Il avait appris de cette façon que Pavel était à Marseille. Après tant d'années sans avoir eu la moindre nouvelle, on se demandait si l'ancien CP des *Castors* était encore en vie. Nicolaï essaya de compter. Cela faisait près de six ans qu'ils s'étaient quittés. *Rendez-vous-midi-devant-cathédrale*, indiquait le message télégraphique. Il se rappela qu'ils s'étaient promis de se retrouver-là, devant la cathédrale Saint-Nicolas de Nice, avant que Pavel embarque pour la Sibérie.

Le jeune Oushakov se demandait s'il

reconnaîtrait son ami d'enfance. Avait-il changé ? Beaucoup de souvenirs étaient en train de lui revenir. Il revoyait le petit Olougine à Pavlovsk, avec ses parents dans le parc. On était au temps de l'innocence. Et puis il y avait eu les sorties dans lesquelles Oleg Ivanovitch entraînait les *Castors*. Il était tout de suite apparu que Pavel était le plus posé des deux. Pavel Olougine était vraiment fait pour succéder à Igor en tant que CP des *Castors*. En avait-il gardé les qualités ? pensa tout à coup Nicolaï.

Ce Pavel était finalement un type extraordinaire. Il fallait qu'il le soit vraiment pour avoir su toucher le cœur de Tatiana. La deuxième fille du tsar était aussi quelqu'un de remarquable et celle-ci savait sans aucun doute où se trouvaient les vraies qualités de cœur. Il se souvenait très bien d'elle et de sa spontanéité, de sa capacité à se mettre à la portée des autres, y compris des plus modestes. À présent, Pavel allait arriver-là, fidèle à la promesse qu'ils s'étaient faite avant de se séparer.

Il vint à l'idée de Nicolaï à cet instant qu'ils étaient en train de parvenir au bout de leur chemin d'errance. Il en avait l'impression. Cela se matérialisait d'une certaine façon par la nature de la cathédrale. Il revoyait ce signal que représentait le sanctuaire de Saint-Nicolas, quand ils avaient quitté Sébastopol. Il avait maintenant dans son dos la cathédrale de Saint-Nicolas. Ce saint, favori des navigateurs et des enfants, les avaient probablement guidés l'un vers l'autre et, finalement, les avait menés malgré de multiples écueils à bon port.

Une silhouette était soudainement apparue tout

au bout de l'allée. Quelqu'un venait de déboucher de l'avenue du tsarévitch. Il était encore impossible de distinguer le nouveau venu.

Nicolaï eut tout à coup l'impression qu'il allait se trouver mal. À pas mesurés, comme ont tendance à le faire ceux qui ont parcouru de longs itinéraires, un homme approchait. Il lui sembla qu'il était encore assez jeune et, pourtant, celui-ci semblait un peu voûté. Plus il se rapprochait, plus Nicolaï Oushakov était certain que celui qui montait dans l'allée ne pouvait être que Pavel Olougine. Il en avait tout à fait la dégaine et la silhouette un peu trapue. Mais sans doute avait-il un peu grandi par rapport aux souvenirs de Nicolaï et celui-ci lui semblait beaucoup plus étoffé.

Pavel était à moins de dix mètres. Il avait le visage assez grave. Un trouble comparable à celui de Nicolaï éprouvait probablement son cœur.

Il n'était plus qu'à quelques pas. Nicolaï en esquissa quelques-uns vers lui, puis ils s'immobilisèrent. Ils se considérèrent avec une infinie gravité pendant plusieurs instants, les yeux dans les yeux, puis se jetèrent impulsivement dans les bras l'un de l'autre, éclatant en sanglots.

Au bout d'un long moment, les deux amis s'arrachèrent à leur étreinte, essuyant les larmes du revers de la main tout en esquissant timidement un sourire.

—Viens ! proposa Nicolaï. Entrons dans la cathédrale. On pourrait prier Dieu quelques instants.

Nous devons lui rendre grâce. Il nous a permis de finalement nous retrouver.

— Notre promesse est accomplie ! lui répondit simplement Pavel, avec un profond soupir.

Un peu plus tard, au cœur de la cathédrale, ils se jetèrent à genoux l'un à côté de l'autre. Ensuite, ils ont allumé quelques cierges et les ont placés devant l'icône de la Mère de Dieu.

Tout éblouis par le soleil en sortant, les deux amis se retrouvèrent ainsi sur le parvis, comme hébétés.

— As-tu faim ? demanda Nicolaï.

— Une faim de loup ! lui répondit Pavel en retrouvant pour la première fois son vrai sourire.

— Alors viens ! Je connais un petit restaurant russe à deux pas de la gare.

Ils rejoignirent ainsi l'avenue du tsarévitch et s'engagèrent après dans l'avenue Thiers. À l'angle de l'avenue Clemenceau, juste au débouché de la rue Guglia, les deux garçons s'engouffrèrent à l'intérieur d'un petit restaurant. Celui-ci se situait dans l'entresol, au pied d'une belle maison bourgeoise.

La salle était assez basse et faisait penser aux restaurants d'entresol, à Saint-Pétersbourg. On y découvrait une agréable sensation de fraîcheur. Un jeune homme accueillit les deux convives et leur indiqua leur table.

— Grigori ! s'exclama Pavel. C'est vraiment toi ?

— Tu ne me reconnais pas ? lui répondit le jeune Bolkonsky, faussement vexé.

Ils étaient à peine installés que plusieurs personnes entrèrent à leur tour dans la pièce.

— Augustin ? s'étonna Pavel.

Augustin Vatel était bien là, revêtu d'une tenue de cuisinier. Près de lui se trouvaient le comte et la comtesse Bolkonsky. Derrière eux vint Aimé Vatel.

— Installez-vous ! leur dit-il en russe, et prenons quelques *zakouski* le temps de renouer les liens.

— Vous prendrez bien du champagne avec ça ! proposa le comte. Il s'agit d'une occasion totalement unique. Il faut fêter ça !

Il se tenait la bouteille à la main, une serviette blanche sur le bras, de sorte qu'on pouvait le prendre pour le sommelier.

Pavel avait fini d'embrasser tout le monde, en particulier la jeune Oksana. La comtesse était à ses petits soins.

— Regarde comme c'est beau ! lui dit-elle en français, roulant les R avec un très fort accent russe, en lui présentant les lieux d'un vaste geste circulaire.

Pavel avait effectivement reconnu le cadre d'un vrai restaurant russe. Au fond, sur une petite estrade, il y avait même un joueur de balalaïka qui était en train d'accorder son instrument.

— Tu es ici chez nous, poursuivit la comtesse, et tu dois t'y sentir absolument chez toi.

Pavel avait écarquillé les yeux. Il ne comprenait pas très bien ce qu'elle était en train de lui dire, alors Grigori s'interposa pour expliquer ce que voulait signifier sa mère.

— Maman avait réussi à emporter de Russie quelques bijoux dont un très beau brillant. Elle l'a mis en gage et cela nous a permis d'acheter cet endroit pour y ouvrir un restaurant russe.

— Il faut te dire, ajouta le comte, que nous avions conservé l'adresse en France d'Aimé Vatel, notre ancien cuisinier. C'est ainsi que nous nous sommes associés. Ici, il y a beaucoup de Russes. Ils aiment assez venir et se retremper dans l'esprit de notre chère Russie. Beaucoup de Français viennent aussi pour y trouver quelques saveurs exotiques.

Tout en picorant les *zakouski* présentés sur différents plats, les convives évoquèrent abondamment ce qu'était désormais la vie quotidienne en France.

Une jeune femme était entrée, portant un bébé dans ses bras. Grigori l'avait prise aussitôt par l'épaule afin de l'entraîner jusqu'à Pavel.

— Voici Vera, mon épouse, annonça-t-il, ainsi que notre fils. Il s'appelle Pavel Bolkonsky.

Pavel Olougine eut un sourire et félicita les heureux parents tout en flattant la main du poupon. Nicolaï alors expliqua qu'il allait se marier, lui-aussi. Une ombre sembla planer dans le regard de Pavel, alors qu'Oksana s'était approchée de son fiancé.

Des bulles, inlassablement, s'élevaient dans les flûtes à champagne. Autour de *sprats* ou de canapés garnis de rondelles de concombre salé, les convives écoutaient Pavel évoquer son propre périple à travers la Sibérie, la Mandchourie, la Chine. Il annonça qu'il avait perdu son père. Le pauvre Ivan Olegovitch Olougine avait enduré trop d'épreuves. Il reposait désormais dans le cimetière de la concession russe, à Tien Tsin. Alors, son fils avait pris sa mère et ses sœurs en charge. Il espérait pouvoir à présent trouver du travail en France.

— Il ne faut pas que tu t'inquiètes, intervint Aimé Vatel. Quoiqu'il advienne, on t'aidera.

— Ton idée d'apprendre le français se révèle absolument prémonitoire aujourd'hui, lui fit remarquer Nicolaï. À présent, cela va te servir.

— Le général Oushakov est chauffeur de taxi, raconta la comtesse Bolkonsky. Irina Sergeïevna Oushakova donne à présent des cours de danse. En tant qu'ancienne étoile du Mariinski, cela ne lui a pas été trop difficile de trouver des pratiques.

— En fait, avait poursuivi Nicolaï, on se trouve assez bien ici. Ce n'est certes pas la Russie, mais la côte est tellement semblable à celle de la Crimée que nous y serons heureux.

Pavel acquiesça. Resterait-il en Provence ? Irait-il à Paris pour y chercher du travail ? Il ne pouvait pas encore le dire. On parla d'autres choses. Il avait demandé que Nicolaï et Grigori lui racontent leur épopée d'Ukraine et de Crimée. Ceux-ci le firent assez volontiers, mentionnant ce qu'ils avaient appris durant leur séjour à Prinkipo : 50 scouts de Kiev avaient été enfermés dans un camion par des jeunes bolcheviks et celui-ci avait été incendié.

— Avez-vous des nouvelles des Pantukhov ? avait demandé Pavel, un peu pour extirper la conversation de douloureux souvenirs. Que sont-ils devenus ?

— Le colonel et Nina sont aussi passés par Prinkipo, lui répondit Grigori. Nous les avons côtoyés quelques mois, puis ils sont partis pour la France avec leurs garçons.

Pendant qu'Augustin servait dans des bols de faïence un *bortsch* au fumet délicieux, Nicolaï avait ajouté qu'ils s'étaient embarqués pour les Etats-Unis comme un nombre assez important de leurs compatriotes.

— Et les scouts ? Y en a-t-il ici ? demanda Pavel, un peu sans y croire.

— Bien sûr, avait répondu Grigori. Quand nous sommes arrivés à Nice, on était plusieurs. Il y avait particulièrement l'un de nos CP de Sébastopol et de Prinkipo. Il s'appelle Andreï Simonov et c'est un garçon formidable. Il vient de la Volga.

On parlait de création d'une troupe de scouts

russes. Il en existait une à Paris depuis trois ans. Celle-ci marchait bien. Cet Andreï aurait les qualités qu'il fallait pour aider la maîtrise à Nice.

— Qu'est devenu le père Vasil ? avait alors interrogé Pavel. Le sait-on ?

Il est à peu près certain qu'on ne le saura jamais, lui fit remarquer le comte Bolkonsky. Les Bolcheviks ont assez lutté contre ce qu'ils ont décrété *superstitions* pour qu'on ne se fasse aucune illusion sur le sort qu'ils auront réservé aux prêtres.

Pavel aussitôt pensa que cela concernait tout autant l'archevêque Anatoly. Le jeune homme, aussitôt, raconta comment ce saint homme avait éclairé sa vision de l'Amour de Dieu.

Lorsqu'ils se quittèrent, Augustin s'était aperçu que personne, au cours du repas, n'avait évoqué Tatiana Nicolaïevna, pas plus que son frère Alexeï ou leurs sœurs. Il était pourtant bien certain de ce que, tous, ils les avaient présents dans le fond du cœur.

F I N

À PROPOS DE L'AUTEUR

Bruno Robert des Douets est un auteur orienté vers la littérature jeunesse et le roman d'aventures. Il est l'auteur de nombreux romans, dont une série de "polars" médiévaux qui est intitulée : "Le prévôt du Mont Saint Michel enquête".

https://bruno-robertdesdouets.iggybook.com/fr

www.ingramcontent.com/pod-product-compliance
Lightning Source LLC
Chambersburg PA
CBHW061241120726
48001CB00001B/89